周蓓 主編

『民國專題史』叢書

(日)鈴木虎雄 著

孙俍工 譯

河南人民出版社

中國古代文藝論史

(上下卷)

本書由《周漢諸家對于詩的思想》《魏晉南北朝時代的文學論》《論格調、神韻、性靈三詩説》三篇系列論文組成，論文分別發表于1919年、1920年和1911年的《藝文》雜志

圖書在版編目(CIP)數據

中國古代文藝論史 : 全2卷 / (日) 鈴木虎雄著;
孫俍工譯. —鄭州 : 河南人民出版社, 2016. 10
(民國專題史叢書 / 周蓓主編)
ISBN 978-7-215-10471-6

Ⅰ. ①中… Ⅱ. ①鈴… ②孫… Ⅲ. ①中國文學-
文學批評史 Ⅳ. ①I206.09

中國版本圖書館 CIP 數據核字(2016)第 256701 號

河南人民出版社出版發行
(地址：鄭州市經五路 66 號　郵政編碼：450002　電話：65788063)
新華書店經銷　河南新華印刷集團有限公司印刷
開本 710 毫米×1000 毫米　1/16　印張 21
字數 140 千字
2016 年 10 月第 1 版　2017 年 1 月第 1 次印刷

定價 ：140.00 圓(上、下卷)

出版前言

中國現代學術體系是在晚清西學東漸的大潮中逐步形成的。至民國初建，中央政治權威進一步分散和削弱，加之新文化運動帶給國人思想上的空前解放，新學的啓蒙，新知識分子的産生，民國學術如草長鶯飛，進入一個自由而蓬勃的時代。中國傳統學科乃中國學術之根基與菁華所在，民國學人采用『取今復古，别立新宗』之方法，引入西方的學術觀念，積極改造，使史學、文學等學科向現代學術方向轉型。此外，大力推介西方社會科學的新學科和自然科學，在學習、借鑒乃至移植西方現代學術話語和研究範式的過程中，逐漸建立中國現代學科，使中國的學科門類迅速擴展。一時間，新舊更迭，中西交流，百花齊放，萬壑争流，開創了中國現代學術的源頭。

伴隨知識轉型和研究範式轉换而來的，還有學術著作撰寫方式的創新。中國古代的著作向來以單篇流傳，經後人整理匯編後，方以成册成集的面目出現并持續傳播。直到十九世紀末，東西方的歷史編撰體裁不外乎多卷本的編年體、紀傳體和紀事本末體等，章節體的出現標志着近代西方學術規範的産生和新史學的興起。章節體具有依時間順序，按章節編排；因事立題，分篇綜論；既分門别類，又綜合通貫的特點。以章、節搭建起論述之框架，結構分明，邏輯清晰，較傳統的撰寫體裁容量大、系統性强。它的傳入，使中國現代學術體系從内容到形式被納入了全球化的軌道。民國時期專題史的研究、譯介、編纂、出版恰恰是在這樣的背景下欣欣而發，是學術的實驗場，也是歷史的記録儀。編選『民國專題史』叢書的初衷正是爲了從一個側面展示中國學術從傳統向現代過渡的歷史進程。

專題史是對一個學科歷史的總結，是學科入門的必備和學科研究的基礎，也是對一個時代艱深新鋭問題的解答，是學術研究的高點。民國專題史著作中，既包含通論某一學科全部或一時代（區域、國别）的變化過程的，又囊括對一時代或一問題作特殊研究的，還有少部分是對某一專題的史料進行收集的。原創與翻譯并重，翻譯的底本大多選擇該學科的代表著作或歐美大學普及教本，兼顧權威性和流行性，其中日本學者的論著占據了相當比重。日本與中國同屬東亞儒家文化圈，他們在接納西方學術思想和研究模式時，已作了某種消化與調適，從思維轉換的角度看，更便于中國借鑒和利用，他們的著作因而被時人廣泛引進。

與當代學術研究日趨專業化、專門化、專家化的『窄化』道路迥乎不同的是，中國傳統學術崇尚『學問主通不主專，貴通人不尚專家』的通識型治學門徑，處于過渡轉型期的民國學術在不同程度上保留了這種特徵。民國學術大師諸學科貫通一脉，上千年縱橫捭闔之功力自不待冗言，外交家著倫理政治史、文學家著哲學史、化學家著戰争史等亦不乏其人，民國專題史研究呈現出開放、融通、跨界撰述的特點。與此同時必須看到，自晚清以來，中國的命運就在外侮屢犯、內亂頻仍的窘境中跌宕彷徨，民族存亡彷若命懸一綫。這股以創建學科、總結經驗、解决問題爲指歸的專題史出版風潮背後，包裹着民國學人企望以西學爲工具拯民族于衰微的探索精神，及以學術救亡的愛國之心。梁任公曾言：『史學者，學問之最博大而最切要者也，國民之明鏡也，愛國心之源泉也。』這種位卑未敢忘憂國的歷史使命感和國民意識是今人無法漠視和遺忘的。

『民國專題史』叢書收録的範圍包括現代各個學科，不僅限于人文社會科學，學科分類以《民國總書目》的分科爲標準，計有哲學、宗教、社會、政治、法律、軍事、經濟、文化、藝術、教育、語言文字、中國文學、外國文學、中國歷史、西方史、自然科學、醫學、工業、交通共19個學科門類。本叢書分輯整理出版，內不分科，單本發行，方便讀者按需索驥。既可作爲大專院校圖書館、學術研究機構館藏之必備資源，也可滿足個人研讀或興趣之收藏。

與目前市場已有的一些專題史叢書相比，『民國專題史』叢書具有規模大、學科全、選本精、原版影印的特點。本叢書選目首重作者的首創、權威和著作影響力，尤其注重選本的稀見性。所謂稀見，即建國後没有再版，且多數圖書館没有收藏，或即便有收藏，也是歸于非公開的珍本之列予以保存，普通讀者難以借閱。部分圖書雖有電子版，但作爲學術研究的經典原著讀本，紙質版本更利于記憶和研究之用。本叢書精揀版本最早、品相最佳的原版圖書作爲底本，因而還具有很高的版本收藏價值。

『民國專題史』的著作是民國學者對于那個時代諸問題之探究，往往有獨到之處，無論其資料、觀點短長得失如何，要之在中國現代學術史的構建與發展進程中，自有其開宗立論之地位。

序言

這書原是從日本鈴木虎雄著的支那詩論史裏譯出的。原書本有三篇。第一篇論周漢諸家對於詩的思想，第二篇論魏晉南北朝底文學論，第三篇論格調，神韵，性靈的三種詩說。我所譯的就是原書底第一第二兩篇，並更名為中國古代文藝論史。我底理由是：

（1）第一第二兩篇是以時代為主的，而第三篇却是以詩底作風為主，與第一第二兩篇比較不但系統不同，就是敘述的方法也甚異；

（2）第三篇所敘唐宋金元各代底文學思想，非常簡略；

（3）從唐虞三代至隋適成一個時期向來稱為古代（如詩底一方面隋以前的詩都是稱為古體的）恰與唐宋以來的近代相對；

（4）第一篇雖專論詩，但第二篇却是論文學全體的，但不能單稱作『詩論史。』

因此就把第三篇删去不譯而改用了今名。

我譯這書的意思：並不是如現在的時流所唱的保存國粹整理國故一樣，我也參加在裏面來學學時髦；實在是因為中國人崇古的心實太利害了，無論什麼只是『古已有之』的就是好的；無論什麼只是『古已有之』的就是對的。至於其所以好的地方在哪裏，所以對的理由是怎樣，他們就不去管了。他們所以這樣的無非是頭腦空洞所致；所以頭腦空洞，無非是沒有切切實實地去研究所致。他們只是盲目地崇拜古人，籠統地把古人底成說當作深微奧妙的神怪的天經地義。殊不知一種學問總是由人造成的。既能由人造成，也就可以由人自由地去研究去評論，並不是怎樣神祕，怎樣玄妙微通深不可識的。換言之縱令是一種很艱深的學問，只要你切實地用心去研究過，也就成了一種『不過如此』的東西了。這書固然並不是我自己底研究，但使讀者讀完以後也能覺着中國古代對於文藝的思想是『不過如此』的一種東西却是一樣。詩是什麼？中國古代對於詩的概念是怎樣？怎樣因了詩可以動天地感鬼神，怎樣因了詩可以述情言志，怎樣因了詩可以觀政治察民風，怎樣因了詩可以興，觀，羣，怨，事父，事君，……總之都只是一個『不過如此。』譬如一個謎語，在沒有猜着的人看來，不知道彼究竟是一種什麼樣的事物，幾乎令人腦子都想昏了。但一到有人把彼猜破以後，那任你說得玄與隱秘，實在只是一個『不過如此，』有什麼希罕的呢！所以我們把這書讀過以後對於從唐虞以來到隋止所有關於詩的見解和詩以外一般的文學上的意見等，究竟這中間有什麼神秘？哪幾點值得崇拜？哪幾點值得保存？雖不能說完全滿足了我們底要求，代我們解答了這種種的疑問；但倘能由此知道了其中的『不過如此，』並由是引起一般頭腦空洞的中國人也踏上了切實研究的途徑，這實在不能說是沒有意義的呵！

日本與中國，因為文字相同的緣故，所以日本對於中國雖然在近代有許多誤解的地方，但對於中國古代底崇拜我敢說日本人決不後於中國人自己。但是崇拜是崇拜，批評是批評，我看除了對於尊孔的學說這一點雖至現代在日本還是一個謎以外對於旁的學說日本人決不似中國人那樣拘束，那樣使用感情。在本書裏忽略之處：固然不能說是沒有，但如論到孔子底刪詩，論到孔子所說的『思無邪』底解釋，論到文學與道德底關係等，稱贊古人底好處，同時也指出古人底壞處：這種態度都是不輕易發現於中國底學者腦中的，我們把來介紹到中國，使一般爲古來偏見所迷的人也知道盲目地崇拜古人以外還有這樣的一種議論，這對於現代的熱心整理國故的人們，多少總該有點貢獻罷！

在日本對於中國文學底研究的著作，實在不只這一部。如支那文學研究（本書著者鈴木）支那文學史（古城貞吉）支那大文學史（兒島獻吉）支那文學史綱（仝上）支那文學考（仝上）支那文學概論講話（鹽谷溫）支那小說戲曲史概說（宮原民平）和最近刊行的支那文學大綱等都是近代有系統的大部的著作，可見日本對於中國文學底研究是盡過了相當的能力的了。然而反觀我們國內底著作界又怎樣呢？

口口聲聲高喊着整理國故保存國粹的口號，但數年的時間過去了，成績究在什麼地方呢？怕只有慚愧可告人罷。我並非是有心崇拜外國，但事實確有如此。譬如子孫繼承了祖宗遺傳下來一點遺產，那怕就是荒蕪的山原，自己也應該早已作過那種剪刈培植的工作了。現在這種工作卻要借力於別家人，這那能不使我臨筆而增加了無限的慚愧呢。

一九二七年五月十六日　譯者在東京

中國古代文藝論史上册目次

中國古代文藝論史

日本鈴木虎雄著
　　浪　工譯述

第一編　周漢諸家底詩的思想

第一章　堯舜及夏殷時代

中國古代的詩論是怎樣？固然沒有可徵的文獻不能知道，但是雖有可徵的資料也還不可遽說是有如詩論這一樣的東西。因爲議論是以事實材料做基礎，在其上面把所成立的蓄積起來做爲通例的。所以詩論每每發生在文化很發達以後；在中國呢，也是到魏晉以後纔有詩論可說的。現在略述魏晉以前的狀態。

在堯舜的時代是怎樣的呢？依據尙書底舜典，則在舜命夔以典音樂的時候已經這樣地告訴他，說：

帝曰：夔，命汝典樂，教冑子。直而溫，寬而栗，剛而無虐，簡而無傲，詩言志，歌永言，聲依永，律和聲，八音克諧，無相奪倫，神人以和。（史記五帝本紀，冑作穉，志作意，克作能。孔傳，聲，五聲：宮商角徵羽；律，六律六呂。）

孔穎達底疏解作——

於是教以詩樂，所以然者，詩是言人之志意，歌是詠其義而長其言，樂聲是依此長歌以爲節，律呂是和此長歌以爲聲。（大意）

舜底意思既說出了音樂有一種調和人心的功效而且把引長着言語而歌唱出來的歌底內容的詩是說人底志的也明白說出了。所謂「志」依後來的解釋，雖有廣義地說作『在心爲志』（詩序）的，有狹義地單指向着一定的方向所發展的注意力的，但在舜的時候，是作哪一種意義解釋？想像着或者是指如前說一樣的在漠然廣泛的心中所起的諸現象罷。如果這樣，則詩是述說浮想在心頭的事象的，此外並沒有什麼限制。看了後來引用這語的意思也實在不出這種的解釋。

舜以後在夏殷二代我們雖見到其時代的詩歌，但不見有關於詩歌的議論。承繼的就是周代。在周代可依據以孔子為中心及其前後的議論來攷察。

第二章　周時代

孔子編著六經，其一就是詩經。詩三百五篇是以西周底詩為主而加入殷及魯底詩底一部。後漢班固說：

孔子純取周詩，上采殷，下采魯，凡三百五篇。遭秦而全者，以其諷誦不獨在竹帛也。（漢書藝文志）

所以詩是依據於諷誦以便記憶的。雖沒有孔子底編纂也許能傳於後世，但其編纂的功是決不可以泯沒的。現在尋其編纂的主旨以窺見孔子關於詩的一般的思想。

在這里先考察周代在孔子以前的詩在政治上和社會上是怎樣的作用。

在禮記王制裏說：

天子，五年一巡狩：歲二月東巡狩，至於岱宗。……命大師陳詩以觀民風。

王制，是記三代的制度的。或以五年一巡狩爲虞夏底制度，但大師是周底樂官名，可見周底王也會以巡狩至於四方嶽下覲見其地方底諸候使陳其詩，因以觀其民間的風俗。這樣使因詩辭所表示的政治底善與否而行使其黜陟的。所以周底王者是以察知地方行政底善惡的手段去蒐輯各地方的詩的了。（按漢書藝文志有「采詩之官」一語，這就是說陳詩以前的采集詩歌的官。）到了西周末季厲王時代（西歷紀元前約八七〇年代）在召公虎諫厲王底壓迫言論的語中說：

爲川者決之使導；爲民者宣之使言；故天子聽政，使公卿至於列士獻詩，瞽獻曲，史獻書，瞍賦，曚誦。（周語上）

這就是天子當聽政的時候使從公卿至於列士的官吏來獻詩。其詩底作者是什麽人，在本文裏雖不大明瞭，大概官吏等自己作的也有，或者也有其他的人民底作品，其詩是批評天子底政治或者歌詠其好惡的感情的是不難推測的了。因爲倘若不是如這一類的詩那就不足以供天子聽政的參攷。而且朗讀這種詩的的人，是所謂瞍（與叟同無眸子的叫做瞍）的盲目的人。所謂賦不是加上音節歌詠起來，乃是說的捧讀。現在詩經裏的大雅小雅大夫和卿士諷刺幽王厲王的作品很多。從這看來又是作爲聽政的參攷而使官吏獻詩的了。

不但是天子就是諸候也向着臣下徵求詩或者其他的箴誡的語句。衞底武公（周平王十三年卒西曆紀元前七五七）付向着羣臣求箴儆，並作懿戒以諷厲王且以自戒，已在楚語（上）裏見過了。（韋昭德：懿戒，就是今詩經大雅裏的抑篇。）

據以上所說可見詩是被看作爲直接地批評政治給與以教訓而且是表示民情的，所以因此間接地得知政治的狀况。

還有詩在周代使用起來的時候，詩與音樂相伴有——

（一）祭祀天地祖先等

（二）送迎使臣，將，士等

（三）饗宴（樂或者宴語）

（四）因爲射箭時的步調底和諧（射節）

（五）當作天子底后妃和諸侯底夫人底家庭音樂（房中樂）

等例子。普通都是伴以音樂。（但宴語無音樂）這大概見於西周時代。

在東周時代用得最頻繁的是——

（六）爲表示我底志而借詩底成篇

卽是所謂斷義的用法。

例如晉文公（名重耳，東周襄王十六年至二十四年在位，西紀前六三六至六二八）遭國難出奔，與從者遍歷諸國，到了秦國（襄王十五年）與秦約爲婚姻，當着欲借其力以復歸於晉的讌會上，秦伯（穆公）賦采菽之詩，文公賦黍苗。采菽（小雅魚藻之什）底首章云：

君子來朝，何錫予之？雖無予之，路車乘馬。

黍苗（小雅魚藻之什）底首章云：

芃芃黍苗，陰雨膏之；悠悠南行，召伯勞之。

這就是秦伯借此以表示欲贈以路車乘馬之意，文公借此以感謝秦伯底勞享有如召伯一樣。且文公又賦河水，秦伯又賦六月。河水杜預以爲是逸詩，韋昭以爲「河」字應作「沔。」沔水（小雅鴻鴈之什）底首章有——

沔彼流水，朝宗於海。

之句。文公由此以表示雖反國仍可朝事秦國的意思。六月（小雅南有嘉魚之什）是敘尹吉甫佐周宣王北伐的，其首章有——

王于出征，以匡王國。

之語。秦伯由此以表示文公以後應佐天子覇諸侯的意思。（秦伯文公賦詩事見國語底晉語，和左傳僖公二十三年）杜預說：

古者禮會，因古詩以見意。故言賦詩，斷章也。其全稱詩篇者多取首章之義。（左傳僖公二十三年公賦六月註）

這，雖然有借詩篇的首章，或借某章的數句的分別，但凡所謂「賦某詩」其借古詩以表示我底志於隱約之間却是一樣。雖用古詩底成句，但因其目的在於表示我底志，有時且不拘於詩作原來的意義，特別上一種新的意義來用也有的。如這樣的例子在左傳國語等書上是屢屢見到的。這種斷章取義的方法，在社交上的詩尤其應用得廣。

以上所述的祭祀，送迎，饗宴，射節，房樂，見意的六例是就天子，諸侯，大夫，士等上流用詩的時候而說的。至於一般的人民是怎樣的呢？這除了把「二南」作為鄉樂來用外沒有特別可記的。但是從載於詩經底國風裏的詩篇看起來，在詩裏面所詠歌的，其目的或在君政底美刺，或在單純的戀愛，和遇着機緣時隨着感情底發動眞率地歌了出來，無論作者本人或他人諷詠這種詩歌而起了同情的事，與現在不論何地的民間自然的歌謠是沒有差異的。（儒林傳漢高圍魯，弦歌之音不絕之類就是表示民風的。）

在孔子以前的詩的作用大略是如此。

孔子（魯襄公二十二年生，哀公十六年卒，即周靈王二十一年至敬王四十一年，當西紀前五五一至前四七九）於魯哀公十一年（周敬王三十六年西紀前四八四）終了諸國之遊歷而歸魯。編著六經在這一年以後。

尋孔子編纂詩經的主旨雖然頗難，但先從我所見到的來說：

在史記裏說：

> 古者，詩三千餘篇。及至孔子，去其重，取可施於禮義。上采契后稷，中述殷周之盛，至幽厲之缺。始於衽席。故曰：「關雎之亂，以爲風始，鹿鳴爲小

雅始；文王為大雅始；淸廟爲頌始。」三百五篇，孔子皆弦歌之。以求合韶武雅頌之音。禮樂自此可得而述。以備王道，成六藝。（史記孔子世家。）

附記（一）——所謂「亂」就是合樂。在樂節有歌，笙，間，合，的四序；升歌是「始，」合樂是「亂。」

附記（二）——詩序說：『是以一國之事，繫一人之本謂之風；言天下之事，形四方之風謂之雅。雅者正也；言王政之所由廢興也。政有大小，故有小雅焉，有大雅焉。頌者美盛德之形容，以其成功告於神明者也。是謂四始，詩之至也。……』

以上史記底文，「故曰」以下自「關雎之亂」至「爲頌始」是司馬遷引以前古書的話。在「古者」之前更錄了見於論語的孔子語魯之大師以樂的一節（今見八佾篇）

及孔子說的

吾自衛反魯，然後樂正。雅頌各得其所。（論語子罕篇）

的語句。據此以推史記之意，就是這樣的一種見解：『孔子刪詩，是既定其區分及順序，又定其音樂上的價值，一面又以此供攷察王者政治底怎樣的作用的。』

孔子把詩刪去了或者沒有刪，雖有種種的議論，但我想像刪是刪了的。不過刪存的標準並不覺得是如後世儒者所說的那樣狹窄的見解罷了。

風，雅，頌底區分，不是在孔子開始的。在周禮春官大師之職裏，就記着大師對於瞽矇教以六詩的話。六詩就是風，賦，比，興，雅頌。又在魯襄公二十九年（周景王元年，孔子反魯前六十年，西紀前五四四，）吳季札來聘於魯，而觀周樂的時候，在工人所歌的裏面，就有風，雅，頌。不但同詩篇的順序一樣，就是說孔子是原本於古名而就其中定了一個順序也可以的。只是我們現在所見的順序，却難相信是孔子所編纂的原樣。「以備王道」一語，覺着孔子也是有這個意思的。

所以我以爲史記上所說大體總算得當了。

以這與現在的詩經連絡看來，大略是凡關於祭祀的詩是被列在頌裏面，凡述征伐，饗宴，並王政底美刺的被列在小雅大雅裏面，凡歌詠地方底民情的被列在國風裏面。孔子縱然定了詩底區分和順序但也是未曾變更以前通行的慣例的。

就雅頌而論，以孔子自己所說『自衛反魯，然後樂正，雅頌各得其所。』這話看來曾把樂底紊亂改正過一番那是很明白的。獨是在國風裏以有鄭衛等國底詩，便不能沒有刪詩的議論了。在國風之中周南召南是被列爲風之始的，孔子底意思很明顯。至於鄭衛底詩曾呼作爲『亂世亡國之音』（樂記）的淫奔的作品的，孔子爲什麽不刪去呢？孔子回答顏回說：『放鄭聲，遠佞人；鄭聲淫，佞人害。』（論語衛靈公篇）以這主義推起來，鄭衛之詩難道是不應該放的嗎？但事實上現在的鄭風，衛風，都存留着有淫奔之詩。這就成了孔子是把詩照樣保存的而並沒有刪掉的理由了。這是刪詩的反對說。以我底觀察，在今日欲定孔子的刪詩與否都不是空論所可決的。宜照常理去判斷。我以爲在周代幾百年的中間，地域跨有十餘國，決不信其間止有詩三百餘篇。且凡是編纂事業旣欲寄託一些自己底意見在內，便不可不加以斟酌取捨。所以我很相信如史記裏所說的删詩。但是爲什麽把如鄭衛底詩一樣的淫奔之詩也存留着呢？這實在是從後世偏狹的儒者底思想裏所發生的奇異之感與孔子底主義並沒有什麽矛盾。因爲保留國風的目的是爲知民情察政治的。與其地方的政治民情相應而有種種的詩旣是當然的事，在風俗禮儀放蕩一點的國裏自然也有與其國情相應的詩了。因此雖然是淫奔之詩，但爲欲察知其民俗便不可不把這等的詩保存起來。倘若因一言涉及刺君或是男女底戀愛，便當删掉那是閉塞人民底口，掩蔽政治底實情以自得的人，這樣怎能察知民情政治呢？在小雅大雅裏有刺君的詩，在鄭衛風裏有淫奔之詩，實在是表現孔子底公平寬大的處所。至於有許多詩底詞句非常流於猥褻的，那雖說足以察知民情，孔子大概都删去了。這是我照常理而承認有淫奔之詩與删詩的兩存說的理由。

第三章　孔子對於詩的意見

孔子注重周南召南之詩在他底告孔鯉（字伯魚）的話裏已很明白了。他說：

> 女爲周南召南矣乎。人而不爲周南召南，其猶正牆面而立也與！（論語陽貨篇）

二南底詩多述后妃，夫人底德化。把歌詠所謂『刑于寡妻，至于兄弟，以御于家邦』（大雅文王之什思齊篇）的。文王內廷底治化都表現出來了。這是修身齊家之源，又是治國的基礎。孔子大概以這個作爲人人必學的東西了。他對於周南底首篇又是三百篇底開始的關雎說：

> 關雎，樂而不淫，哀而不傷。（論語八佾篇）

又說：

> 師摯之始，關雎之亂，洋洋乎盈耳哉！（論語泰伯篇）

前者是說關雎詩底哀樂不流於感情底極端很得其中和，後者是讚嘆音樂底美的。關於國風的評論，此外無所聞。對於雅頌，也除了屢次引用的『樂正，雅頌各得其所』以外不多見。

至孔子對於詩的一般的思想，原已在詩經裏所收集的詩底上而建立了基礎了。孔子認定學詩是必要的。告伯魚學二南就是一個很好的證據。他日又答伯魚說：

不學詩，無以言。（論語季氏篇）

原來在周代士大夫間底談話，對於表示自己底志常從誦詩的慣例中以達其所欲言的底意義所以學詩是很必要的。故孔子又說：

興於詩，立於禮，成於樂。（論語泰伯篇）

他授弟子以詩書禮樂，在其教育底順序上也像是說先從學習與發學者底志的詩開始。朱子解釋這章說：

興，起也。詩本性情，有邪有正。其爲言既易知，而吟咏之間，抑揚反覆其感人又易入。故學者之初，所以興起其好善惡惡之心而不能自已者，必於此得之。（朱子論語集注）人雖能在道理上怎樣辨識正邪善惡，但是倘若性情不純正，那就決不能近於實行。這就是主張感情敎育底必要的所以。如孔子一類的敎育者，在這一點上都以爲求性情底涵養到純正的手段，是在於學詩，是在於平生吟咏了。

孔子說到學詩的效果，說道：

小子，何莫學夫詩？詩，可以興，可以觀，可以羣，可以怨；邇之事父，遠之事君，多識於鳥獸草木之名。（論語陽貨篇）

依孔安國底解釋，說興就是引譬連類，與賦比興底興同樣是托於物以說明我底志的。（對於興下文更有詳細的說明。）觀，在鄭玄底解釋，是『觀風俗的盛衰也。』羣，孔安國解作『羣居相切磋也。』這好像說是受了詩敎的人其性質自然成爲敦厚而與衆人得保其和諧。怨，孔安國解作『刺上政也。』關於事父事君這點，

『近之事父』，這就是述人子相戒而養其親的意思，這就是依皇侃底說法，凱風白華等詩是述人子相戒而養其親的意思，這就是『近之事父』的道理，又，雅頌說君臣之法，這就是『遠之事君』的道理。最後『多識』一句，即是因詩以得到相異的風土的博物學上的智識的。

在興，觀等七條中興與怨可看作爲說詩底性質和作用的。即是所謂詩，就是詩人用來寄托其興趣，且有時作爲描寫怨情的東西。以外五條正是學詩的效果。前二條可說是文學的地說明了詩底性質，後五條顯著地可說是教育的了。孔子說：

誦詩三百；授之以政，不達；使於四方，不能專對，雖多亦奚以爲。（論語子路篇）

所謂「達」即是通曉。「不達」就是說雖誦詩也不理解人情，不諳政治底機微。所謂「專對」即是獨立自由地應對。倘不擅長二者那就不能說得到了誦詩的益處。因爲二者是學詩的效果而且是主要的目的。

孔子不單把詩當作文學看，且常把彼與教育聯結起來。在禮記裏說：

孔子曰：『入其國，其敎可知也。其爲人也，溫柔敦厚，詩敎也；疏通知遠，書敎也；……詩失之愚。……其爲人也，溫柔敦厚而不愚，則深於詩者也。』（禮記經解篇）

孔穎達底解釋，說『溫，謂顏色溫潤；柔，謂性情和柔；詩，依違諷諫，不指切事情。』所謂詩敎，就是以詩來敎人的。敎的結果，使其人成爲溫柔敦厚，其弊害在於愚。所以要溫柔敦厚而兼不愚的纔眞正算作深通於詩的人。

孔子底詩觀，在這一句話裏面最爲明瞭。就是：

詩三百，一言以蔽之，（包咸曰：蔽，當也；）曰「思無邪。」（論語爲政篇）

『思無邪』三字元是魯頌駉篇底一句。包咸解作『歸於正；』程子說：『思無邪，誠也；』朱子說：『凡詩之言，善者可以感發人之善心，惡者可以懲創人之逸志，其用歸於使人得其情性之正而已。』邪是與正相對的詞。以無邪作爲正爲誠很得當的。但孔子這話，果爲說明作詩者底心理狀態的呢，還是說明以讀者底被感化爲歸着點的呢？依孔子底重敎育推論起來或屬後一說的意見也未可知。如朱子所說『其用歸於使人得其性情之正』也是作爲後者底意思解釋的。但是就文辭方面觀察，所謂『思無邪，』所謂『得其情性之正』殆爲同義，只是『其用歸於使人』六字，不知朱子是從何處得來的，我不能從他底解釋。我相信『思無邪』三字是說明作者底心理狀態並以此兼充詩底總評的。換句話說，就是『詩雖有三百篇之多，但無論那一篇都是從詩人底誠正的思想裏發出來的。』這樣的一個評語。雖然是淫奔之詩，至論其性情的時候使弄僞情的詩與素有熱誠的詩，其間是很有差別的，孔子斥其僞而保存了有熱誠的故有鄭衛底詩。孔子論詩與後世儒者那種偏狹的道德大不相同哩。

孔子所說元是客觀地評詩的。但後來作詩的人更奉此去作詩，至於成了『思無邪』一個格言。這實在不單是對於詩經底詩的適評有影響，而且作爲格言把不朽的眞理都道破了。

依朱子一派所解釋的『思無邪』三字的弊病，就產生了所謂倘不是敎訓的詩便非詩的那種偏狹的詩觀。這是從以敎育爲主的說法時所易陷的弊竇，但這並非孔子底眞意所在。孔子雖是以敎育爲主的，決不至於如此之甚。誼過發揮『思無邪』的詩的，其人成爲溫柔敦厚也是孔子所希望的。然而這是詩底效果間接所表現的，並不是把一切的詩都可以直接地使成爲倫理敎訓。這是我們應該注意的。

第四章　孔子及孔門諸子底談詩

孔子嘗解釋詩，對於詩底原意特別注重把來安上一種政敎上的特別的意義來應用。照詩底原意在當時本來很明白用不着解釋的，甚至有如今日俗謠底意義一樣，雖野人田夫也很懂得。

例如述到逸詩——

唐棣之華，偏其反而。豈不爾思？室是遠而。

必評論說：

未之思也夫！何遠之有！（論語子罕篇）

原詩雖是說男女相思，因居室遠而相背的。對於這下一轉語，可說是相思底程度不夠，倘若眞相思便沒有所謂遠這一回事的，恰如利用所謂：

仁，遠乎哉？我欲仁，斯仁至矣。（論語述而篇）

的意義一樣。政敎下的談話成了乾燥無味由此便得救了。

又在大學裏引——

詩云：「邦畿千里，惟民所止。」（商頌玄鳥）

詩云：『緡蠻黃鳥，止於丘隅。』（小雅魚藻之什緡蠻）

也說：

於止，知其所止，可以人而不如鳥乎。（大學）

掇拾『止』字以利用大學底『止於至善。』

與這種例子相同，是屬於講學的如論語之類趣味也沒有的很帶有一種道學的臭氣。或者是孔子底門徒作爲孔子底意思而記述出來的也未可知。

可與孔子底解詩連絡來看的，就是孔門諸子底解詩。在這里雖是孔子也稱讚了那與自己同樣的擱下了詩底原意却把來應用在政敎上那一種的人，且給與以『可與言詩』的讚辭了。如子貢問『貧而無諂，富而無驕何如』的時候，孔子答以『未若貧而樂，富而好禮者也。』的話，子貢引詩說道：

詩云：『如切如瑳，如琢如磨。』其斯之謂與！（論語學而篇）

孔子便說子貢是『可與言詩』的。

子夏問到詩裏所說

巧笑倩兮，美目盼兮，素以爲絢兮，

是怎樣解釋，孔子答以

繪事後素。

禮後乎！（論語八佾篇）

子夏遂說道：

孔子又說子夏是『可與言詩』的。甚至稱讚爲『起予者商也。』但這種問答詩底原意已被遺却，只是借詩以作爲自己講學上的談話而已。

解詩有稍稍不同的又有後面的兩例。門人南容三復白圭底詩句，（大雅抑詩云：『白圭之玷，尚可磨也；斯言之玷，不可爲也』孔子遂以其兄底女嫁給他；（論語先進篇）門人子路誦：不忮不求，何用不臧？（馬融曰『言不忮害，不貪求，何用爲不善，疾貪惡忮害之詩。』）底詩句，孔子更教誨他說

是道也，何足以臧？

即是說『不忮不求』不過是道底一種，以外還有更美好的。

孔子着重關連於其門人底道德上以解釋詩句，依以上所舉各例，已很明白。孔門談詩之風據此也可得約略推知了。

第五章　子夏底說詩

在孔子底門人中被稱為『文學，子游子夏』的子夏，即是傳詩的卜商。子夏與孔子的詩的問答已經見所引的『繪事後素』的談話了。子夏底解詩，大概也是離開了原意而講應用的。從關雎底大序上可以窺見其立說之一斑。

據唐陸德明底經典釋文引『舊說，』把

關雎，后妃之德也，風之始也，所以風天下而正夫婦也。故用之鄉人焉，用之邦國焉。

名為『關雎序，』叫做『小序；』又把其次的

風，風也，教也，……是關雎之義也。

叫做『大序。』

在釋文裏又舉沈重之說，

沈重云：『案鄭詩譜意，（後漢鄭玄著詩譜）大序是子夏作，小序是子夏毛公合作。卜商意有不盡，毛更足成之。』又舉或說而揭關於『小序』的異說。或云：『小序是東海衛敬仲所作。』（敬仲名宏，後漢人）

這是論到大小序底作者底諸說。大序是附於關雎底前面的詩底總論。小序是在關雎以外附於其他一切的詩的前面的。但是在小序中最初的一句與其次的幾句還有是不是成於一人之手的底疑問。或以爲最初的一句是子夏（正義如是說）其餘是毛公以及衛宏等諸儒所作也未可決定。以大序作爲子夏所作出於鄭玄詩譜，後世多從這意思。在梁蕭統底文選裏收自『關雎，后妃之德也』到『是關雎之義也』止稱作毛詩序（我意似不可稱作毛詩序）把其作者作爲卜商。宋底朱子不信詩序，他所著集傳都把序省略去了。現在暫如普通的說法把大序作爲子夏所作。

在這里可注意的，現所見的大序，在大意上是通的，但在文理上却很支離滅裂，實不是一篇的文章。不得不承認其間有多少的遺脫和錯亂的。

這種大序顯然是把詩與政教看作很密切的東西的。

先說：——

詩者，志之所之也。在心爲志，發言爲詩。

再說到情動於中而形於言，而嗟嘆，而永歌，更至於舞蹈，（永歌嗟嘆等句並見樂記，文同）是屬於詩底定義及其所以發生的關係的。

至於說到詩底作用所謂——

先王是以經夫婦，成孝敬，厚人倫，美教化，移風俗。

和述其影響之偉大所謂——

正得失，動天地，感鬼神，莫近於詩。

這很可見出那種以教化的源泉莫過於詩的底意見了。

在大序中有可注意之處就是說明詩底六義。所謂故詩有六義焉：一曰風，二曰賦，三曰比，四曰興，五曰雅，六曰頌。風，雅，頌，是詩體的區別。賦，比，興，是修辭上一種方法的名稱。在周禮春官大師之條裏，所記大師敎瞽矇以六詩，說：

敎六詩：曰風，曰賦，曰比，曰興，曰雅，曰頌。（周禮春官，大師職）

這種區別連順序都相同。或是古說罷。

大概，風是在諸侯之地所發生的歌謠，雅是天子或大諸侯用於征伐，宴饗等的詩，頌是稱揚祖先底德業的詩，天子把來在祭祀上用的。在序裏又把風和雅又分別爲正與變，以爲正風與正雅是王道興盛時的作品，變風與雅是王道衰微，禮義崩壞時的作品，是極其主張把詩與政敎連結來立說的了。

把詩與政敎連結來說的見解，說到音樂時也同一主張。

情發於聲，聲成文謂之音。治世之音安以樂，其政和；亂世之音怨以怒，其

政乖；亡國之音哀以思，其民困。（詩大序並見樂記）

附記——鄭箋云：『聲，謂宮商角徵羽，聲成文者，宮商上下相應。』

這種說法即是說，政治能在詩裏表現出來，詩底音即是表示世底治亂和人民底哀樂的。

關於賦，比，興，的鄭玄底解釋，載在周禮六詩底下的是非常拘泥於政敎美刺等的。在孔穎達疏裏引鄭玄及鄭衆底話來說明這個頗得要。

鄭（指鄭玄）以「賦之言，鋪也，鋪陳善惡。」則詩文直陳其事，不譬喻者，皆賦辭也。

鄭司農（鄭衆）說：「比者，比方於物。」（今周禮六詩注，文同，但不題鄭司農）諸言「如」者皆比辭也。

司農又云：「興者，託事於物。」則興者起也。取譬引類，起發己心。詩文諸舉草木鳥獸以見意者，皆興辭也。（以上俱見詩經孔疏）

因爲賦是把一切景物事件照原樣地敍述出來的。（不像鄭玄所說只以鋪陳善惡爲限。）比是在甲乙兩種的事物上或者在思想間某種性質的類似上，興是在兩者底某種關係的類似上有了基礎的。在比一方面是說甲好像乙一樣。例如『顏若舜英』和『鬒髮如雲』之類是從辭底比較而成的。興就較這複雜了，是以甲底關係（用句表示的）與乙底關係（用句表示的）使相比的。詩經毛傳不註賦與比，單註興而說『興也。』這就因爲興底難知的緣故。從毛傳所註的『興也』看來是從意義上以甲底關係與乙底關係相比的。但也有從音調上相比的。無論是從意義上或音調上總是先以甲來引起乙却是一樣。這大概是所以有興底名稱的理由罷。詳細地說：甲底成句單看其本身時是賦，但與乙底成句相對的時候却是担任了興底職務了。這種時際似乎最多。所以因了眼前的景物把自己底某種心情使感興起來而把這稱爲興，這方式成了命名的根原也未可知。

例如從意義上說：

關關雎鳩，在河之洲，窈窕淑女，君子好逑。

這是以雎鳩之事來興起淑女之事的。倘僅就雎鳩說來可說是賦，但與淑女二句相對便是興了。

桃之夭夭，灼灼其華；之子于歸，宜其室家。

這也是寫桃花盛開的景緻是賦，用以表示女子底盛年却成了興了。

汎彼柏舟，亦汎其流；耿耿不寐，如有隱憂。

這是因柏舟而不遇者（古說爲仁人，朱子說是婦人；）自然興起了。以外可類推。

從音調上看起來，如——

無田甫田，維莠驕驕；無思遠人，勞心忉忉。

前二句是起後二句的。且兼了意義上的興。

這種興，以在甲部是眼前的景物的時候，（卽就其一部分看是賦的時候，）卽使不然，是說到與作者底生活常有密接的關係的時候，（殆如在賦裏所感覺的時候）最爲有效，但單是爲了乙部而鹵莽地搬出甲部那興底效力是很少的。從修辭學上看的時候，「比」是類比，（Simile）而「興」可以說是直比（Metaphor）底特種的東西。所以「興」是詩經底詩人運用得最巧妙的一種方法。

倘使用賦底方法則其言直率而露骨。若是用比，興，底方法時則是所謂比方託物以事物爲媒介來把我底心情寄託於其中的故其言甚婉曲。所以或是怨或是刺的一類的詩常借用這種方法。但是在解釋詩的時候，有當時本最容易懂得的詩意反而弄成很難解的，是失却了作者底本意的了。

關於賦，比，興，的子夏自己底思想是怎樣的雖不大明白，但從子夏以來繼承其系統的毛氏和鄭孔等碩儒底學說未嘗不可以暫準作他底意見。子夏底說六義論風，雅，頌，雖是如孔門一流把政敎論來說詩的，但說到賦，比，興等，從文學上說是很可注意的，只是孔子單是說『詩可以興，』以外雖欲精細地考究文缺不備也就無可如何了。

第六章　諸子底詩說

以下要說到諸子底詩說了。

在孔子以前，只在管子裏稍有關於詩的辭句。管子山權數第七十五，論到計量國情五官技，載有齊桓公與管仲底問答。

桓公曰：『何謂五官技。』管子曰：『詩者，所以記物也；時者，所以記歲也；春秋者，所以記成敗也。…………

又說：——

詩記人，無失辭。……（以上二則均見山權數）

其文簡而明，雖不很知道其意之所在，但既經以詩作爲『記物』和『記人』的，那所謂詩是敍述事物和人情行爲的，可斷言了。『記人』與所謂『陳詩以觀民風』底觀察民風之意相當。而『記物』或者與其後孔子所謂『多識於鳥獸草木之名』相當罷。管子以經濟家底意見其詩底觀察不過如此。

孔子以後，在孔門以外，在莊子天運篇已舉六經之名，在天下篇說六經底性質道：

莊子曰：『詩以道志，書以道事，禮以道行，樂以道和，易以道陰陽，春秋以道名分。』（莊子天下篇）

說詩是用來道志的。在道志這一點與孔門相同。以外就很難知其詳了。

孔門子夏底詩說，已經說過了。

至孔子底孫孔伋（子思）底思想也是如孔門一流只是依託政政以解釋詩的。在中庸裏有從『君子之道』起至『察乎天地』止一節。朱子以爲是子思底話。在這裏面說到聖人之道，雖夫婦之愚，亦可與知，及其至也，雖聖人亦有所不能。爲證明這道理而引詩句說道：

詩云：『鳶飛戾天，魚躍于淵。』言其上下察也。君子之道，造端乎夫婦。及其至也，察乎天地。（中庸）

詩底原文見大雅旱麓。旱麓是褒美周文王底先代大王王季底事業的作品，所引這兩句是說魚鳥各得其所的。轉用來說聖人至極之道在天地間很明察，子思究竟不免是斷章取義的了。

子思之學經其門人而傳於孟子。孟子也是承孔氏底學統僅以詩作爲政治底參攷在代替歷史這一點承認其價値的。如說：

王者之迹熄，而詩亡；詩亡，然後春秋作。（離婁下）

這不是把詩經作爲代替歷史的說法，說看詩如看春秋一樣的嗎？

孟子又說：

天下之善士，斯友天下之善士。以友天下之善士爲未足，又尙論古之人，頌其詩，讀其書，不知其人，可乎？是以論其世也，是尙友也。（萬章下）

附記——趙注『尙，上也，上論古之人，是尙友，是爲好上友之人也。』正義『頌，誦也；』鄭注『以聲節之曰誦。』

這就是說在讀製作物的時候有知道其時世的必要。孟子以爲明白時世底狀態必依據於硏究其時世所產生的文學，所以古來所傳的文學乃是供給以認識其時代的材料。在孟子慣於引用詩書裏的成句之例，很可以證明這個。卽可知道孟子是以代替歷史而利用詩的了。

孟子引用詩，雖多從原文底意義，然而其中也有連作者作詩的動機都透過了的。在告子下門人公孫丑問到關於小弁詩的高子底解釋底當否，孟子駁高子所說的「小弁是怨親的詩，所以是小人所作」說道「不是怨，乃是親親」並嘲笑說「固哉高叟之爲詩也。」這可以說是很存留着幾分孔門解詩的遺意了。

在孟子的時代，解詩的失掉原意的多。所以孟子述詩的底解法說：

說詩者不以文害辭，不以辭害志；以意逆志，是爲得之。（萬章上）

依趙岐底註解，說文是詩底文章是詩人用來興起事物的，辭是詩所歌詠的辭，志是詩人底志所欲求的東西，意是學詩者底心意。所謂逆就是迎的意思。朱子說是不可以一字來害一句之義，不可以一句來害設辭之志。這樣看來孟子這話實在是詩底解釋上的名言。孟子底說詩雖帶着孔門底風氣，但並不大附會，實是很了解說詩底法則的。

孟子以後，就是荀子。荀子說：

書者，政事之紀也。詩者，中聲之所止也。（荀子勸學篇）

楊倞註解說，『詩謂樂章，所以節聲音，至乎中而止，不使流淫也。』這似是從音樂一方面看，說詩經底詩是得詩的中和的。

荀子又說：

聖人也者，道之管也。天下之道，管是矣。百王之道，一是矣。（楊倞註「管，樞要也；是，是儒學；」）故詩書禮樂之歸，是矣。詩言是其志也；書言是，其事也；禮言是，其行也。……（荀子儒效篇）（楊倞注「是儒之志。」）

這是以聖人儒者來統道，以詩書禮樂底目的在於成爲儒者，而詩只是說儒者底志的。這是他縮小了詩言志之說而爲「儒者之志」所範圍了。

荀子曾自著成相俛詩以詠世道之亂，其意以爲應這樣纔叫做詩。

以上所述管子以下的諸家都是以詩一面是記述人或物一面是言志的，其言雖稍有不同，但以詩作爲可以應用於政治上或倫理上的東西來看的事幾乎是一致的了。

第七章　漢時代

秦代不聞有詩論。

到了漢朝，詩依然帶着一種孔門解釋的風氣。文帝時賈誼以詩是明白道德之理且使人完成自我的一種東西。他說：

詩者，志德之理，而明其指，令人緣之以自成也。故曰，詩者，此之志者也。（賈子新書道德說）

依賈子所說，德有六理（道，德，性，神，明，命，）六美，（道，仁，義，忠，信，密，）而德是以這六理六美爲法而生陰陽天地人萬物的。道於此的就成爲道，德（得）此的就是德。著此於竹帛的就成爲書，志此的就是詩。是這樣的說法。但在這里有一疑問，就是本文裏的『志』字是用爲『意志』底意義，還是用爲『記誌』底意義？在賈子恐怕是混同這二義而用的罷。

因爲古義「詩」字與「志」是被用成同一意義的。第一個證據是在屈原底悲回風裏說：『介眇志之所惑兮，竊賦詩之所明。』王逸註云：『賦，鋪也；詩，志也；言己守高眇之節，不用於世，則鋪陳其志以自證明也。』所以這里所謂詩，不是說賦詩歌的詩，乃是說陳自己底志。還有一個證據就是在呂氏春秋（卷十五愼大覽）裏，湯王使伊尹到夏去作間諜，伊尹回來報告夏民底離怨的時候，湯對伊尹說，有『若告我曠夏盡如詩』一語。高誘註云：『詩，志也。』以這兩例看來可知詩與志原是同義字。賈誼亦實在是用這古義的，而且他在另一面從與『書者，此之著者也；詩者，此之志者也』對用看起來是「志」字又兼帶着「記誌」底意義了。（古文『詩』字左從『言，』右從『之。』『志』字現在的字形雖是『士心，』但徐鍇曾說過是從『心，』『之』聲。所以把『詩』作爲志，或者『志之所之』以外還有如劉熙『詩，之也；』（釋名釋典藝）這一說。）

到了武帝置五經博士，以詩作爲經底一種而被列於學官。在文，景，武帝三朝間說詩的人凡四家。一是魯詩，始於魯之申培；二是齊詩，始於齊之轅固生；三是韓詩，始於燕之韓嬰；四是毛詩，始於魯之大毛公（毛亨）及趙之小毛公（毛萇。）四者之中，魯齊是國名而韓毛是姓。魯齊韓三詩，自武帝以來已被列於學官，但毛詩到平帝時纔立起來。諸學各從其師以傳弟子，各家固守師傳以爲重。現在舉二三例於後以明其學說底究竟。

先就關雎底詩篇看。這篇依魯詩之說，則以爲是『在周康王的時候，夫人於雞已鳴時就佩鳴玉而去君所，否則必晏出，故詩人歌而傷之。』（漢書杜欽上疏）依齊詩之說則以爲是『欲使后夫人之德，侔天地，奉神靈之統，理萬物之宜』（漢書匡衡上疏）是正匹配的時候的詩。依韓詩之說則以爲是其時，一般從政者都傾於色，賢人傷之，故詠關雎以正淑女底容儀，是刺時的作品。（後漢書，明帝紀注引薛君韓詩章句）依毛詩之說，則以爲此篇是說后妃之德的，說是后妃樂得淑女以配君子，是文王底時代。（詩序）在大體上說以關雎作爲欲以淑女配君子的作品是一致的，但在所欲的主體與作詩的年代及作詩的目的上相差是很遠的。

又從周南漢廣篇看起來，其首章『南有喬木，不可休息；漢有游女，不可求思。』之句，依據毛詩序以爲是說文王底道，既被於南國，美化行於江漢之域無想犯禮，故雖求而不可得。但在韓詩外傳（卷一）和列女傳（卷六）裏載了關於阿谷處女的說話，說是孔子欲適楚而遇見這處女，故以子貢爲使者去試這女子之守禮與否，其終，即以所引的這四句詩來說這樣的女子的。

又從陳風宛丘之詩看來，在毛詩以爲是譏刺陳幽公淫荒昏亂，游蕩無度的作品；然在齊詩却以爲是陳胡公底夫人好巫而民間淫祀之作。（漢書匡衡疏，漢書地理志）同樣墓門之詩，毛詩以爲是諷刺陳佗無良師傅以至於不義的作品，而在魯詩却以爲是解居父欲聘於吳而過陳底墓門，戲弄負子的婦人時引來諷刺這事的作品，（屈原天問『負子肆情』下王逸注）或以爲是晉底大夫解居市欲使於宋而過陳戲弄採桑女的時候，女子所歌的作品。（列女傳卷八）這採桑的女子，不但因此詩以拒絕男子，而且是以此陳訴陳底國情的。以外諸說底異同甚多。但述其異同非我底目的。我底目的只是對於漢儒解釋詩的時候把各人怎樣地列舉自己底學說以爲便利的事表示出來罷了。韓詩外傳，可說是引事實以證明詩的。這也是可有的。然而這樣的記載或者是他這一派解釋詩的時候，爲欲引用故事的一種備忘錄也未可知。

還有在齊詩裏有名的爲翼奉，却以陰陽五行律歷之類來解釋詩的。其說是：

詩之爲學，性情而已。五性不相害，六情更興廢。觀性以曆，觀情以律，明主所宜獨用，難與二八共也。

（晉灼曰：翼氏五性，肝性靜，靜行仁，甲己主之；心性躁，躁行禮，丙辛主之；脾性力，力行信，戊癸主之；肺性堅，堅行義，乙庚主之；腎性智，智行敬，丁壬主之。

張晏曰：情謂廉貞，寬大，公正，姦邪，陰賊，貪狠也。曆，謂日也。律，十二律也。）

易有陰陽，詩有五際，春秋有災異。……臣奉，竊學齊詩，聞五際之要。

（孟康曰：詩內傳曰：五際，卯，酉，午，戌，亥也。陰陽終始際會之歲於此則有變改之政也。）

——（漢書卷七十五翼奉傳）

根據這等五性，六情，五際底思想來解詩，對於指導當時的君主是很便利了，但決不能說是詩底正意。

這種種說法，在首唱者當中已經是不相同了，加以其門弟子又轉變師說，而其餘的人又在附會時事問題以說明其說的時候把作詩的原意失掉，所以其說單是說詩家底臆說罷了。以詩作爲『經』已經是不得已的現象了罷！漢家底宰相概通經術雖是儒流美談，然對於詩底本身，這事實爲一大厄運。當時詩底惟一的材料僅限於詩經，對於詩經的思想既如上述，怎能得到一種對於詩的文學的觀察和意見哩！

武帝底時代雖稱爲產生詩（五言詩七言詩等）的時代；但關於詩的學說除詩經

以外向來很少聞見。辭賦也是在武帝時發生的。關於這個在西漢末只有一楊雄把賦區別爲詩人的與辭人的說：

詩人之賦，麗以則；辭人之賦麗以淫。（楊子法言吾子篇）也不過徒然舍棄了靡麗奢侈的而取了美麗而兼稱於道德上的法則的罷了。及於後漢，班固論到辭賦，也是襲取楊雄之說。以爲——

周之時卿大夫揖讓之際，因稱詩以示其志，別賢不肖，春秋以後，聘問歌詠不行於列國，學詩之士，逸在布衣，於是賢人作失志之賦，荀卿屈原之賦有古詩惻隱之義，其後宋玉唐勒，漢之枚乘，司馬相如楊雄之徒，競爲侈麗閎衍之詞而古詩風諭之義以失。（漢書藝文志，詩賦序論大意）

卽是把周代尤其是關於孔門底詩說向着辭賦立刻轉用起來，仍不外是以諭善諷惡等作爲辭賦底本色，而排斥過於修飾的作品的那種陳腐的見解。

後漢底時代辭賦是與前漢同等的流行的，五言詩也大與，其散文成爲駢體而與辭賦接近，可說文運隆盛了。但在其始關於此等的議論殆沒有。因爲純粹的文學上的議論底發生是在於後漢之末，魏之初。

第二編　魏晉南北朝時代的文學論

第一章　魏時代——中國文學上的自覺期

統觀以上所述自孔子以來至漢末都是不能離開道德以觀文學的，而且一般的文學者單是以鼓吹道德底思想做爲手段而承認其價值的。但到魏以後却不然，文學底自身是有價值的底思想已經在這時期發生了。所以我以爲魏底時代是中國文學上的自覺時代。

魏之三祖卽武帝（曹操）文帝（曹丕）明帝（曹叡）各人以文學作家王者底權力以保護文學者。建安，黃初底文學所以鬱然興起的主要的不可不歸於他們底力量。然而關於文學的議論，實在是發端於曹丕與其弟曹植。

曹丕曾著典論而於其中評論同時的作家孔融，陳琳，王粲，徐幹，阮瑀，應瑒，劉楨諸人，在其與吳質書裏又論到孔融以外的六家。評論這東西從這時便興盛起來了。在典論裏我們所最滿意的，就是他底承認文學有無窮的生命。他說：——

蓋文章經國之大業，不朽之盛事。年壽有時而盡，榮樂止乎其身，二者必至之常期，未若文章之無窮。是以古之作者寄身於翰墨，見意於篇籍，不假良史之辭，不託飛馳之勢，而聲名自傳於後。（曹丕典論論文）

他底所謂「經國」大概不是說直接地鋪張道德，却是廣義地說經綸國家之基礎。在典論裏說文學是可以依作者所擇的文體而變其主要的目的的。例如關於詩賦，他主張是可以特別作得華麗的文章。他說：——

夫文，本同而末異，蓋奏議宜雅，書論宜理，銘誄尚實，詩賦欲麗：此四科不同，故能之者偏也。唯通才，能備其體。（典論論文）

這就是因體裁而歸趨不同的。

在典論裏又說：——

文以氣爲主

這里所謂氣，大概是指精神底活力，向來是奉爲名言的。曹植也在其與楊德祖書裏評論王粲，陳琳，徐幹，劉楨，應瑒及楊修等人。當時不但曹丕兄弟相互地評論彼此，成了風氣，而且吳質，陳琳底答東阿王（曹植）却都成爲評論對手的文辭了。

在曹植的與楊德祖書裏，有論到辭賦。依其所言好似以辭賦爲小道不足重的。他說：——

辭賦小道，固未足以揄揚大義，彰示來世也。昔楊子雲先朝執戟之臣耳，猶稱『壯夫不爲也。』吾雖薄德，位爲藩侯，猶庶幾努力上國，流惠下民，建永世之業，流金石之功。豈徒以翰墨爲勳績，詞賦爲君子哉。（曹植與楊德祖書）

又說：——

若吾志未果，吾道不行，則將採庶官之實錄，辨時俗之得失，定仁義之衷，

成一家之言。雖未能藏之於名山，將以傳之於同好。（同上）

依這看來，曹植是說以著作比較寧說是欲直接地建樹功業的；倘不能建樹功業纔著書以成一家之言。但他說這話是帶有幾分刺激的性質的，不是眞以詞賦爲不足取的小道。他寧說是欲成功一個文學者的人。雖使他如其所言從事於事業，但能成就功業與否還是一個疑問。他底對於文學曾給與了一種很縝密的注意，在同書中曾引丁敬禮（廙）底話，說明他人譏彈自己底文章不善的時候，很喜歡改正其疵點的意思，由此很可知道他底意義底所在了。以五言詩、詞賦，與散文擅長的他，是當然有如此的注意的。雖在古人也有『潤色』之語，但應用到對於自己底作品的時候，來改正不當的文字，很足證明文辭底推敲是一件很嚴密的事實了。

以上是敘述在魏的文學底獨立和評論底發生的。

第二章　晉時代

到了晉底太康元康底時代有陸機。（西紀二六一至三〇三）機著文賦以論『作文底利害。』所謂文是廣義地說當時的文學的。

現在把文賦底論旨摘出如左：

一，因沈思以馭羣言的。

其始也，皆收視反聽，耽思傍訊。精騖八極，心遊萬仞。其致也，情曈曨而彌鮮，物昭晰而互進。傾羣言之瀝液，漱六藝之芳潤。……

二，以道理爲本幹，以文采爲枝葉的。

理扶質以立幹，文垂條以結繁。

三，意卽是匠，辭是準才而使效其伎的。

辭程才以效伎，意司契而爲匠。

四，不論詩，賦，碑，誄，銘，箴，頌，論，奏，說，等，凡是文章，都可以辭達而理舉爲目的。

詩緣情而綺靡，賦體物而瀏亮，……雖區分之在茲，亦禁邪而制放。要辭達而理舉，故無取乎冗長。

五，意巧，言妍，音聲迭代，五色相宣，就能達其變。

其會意也尚巧，其遣言也貴妍；暨音聲之迭代，若五色之相宣。雖逝止之無常，固崎錡而難便。苟達變而識次，猶開流以納泉。

六，在文章的構造上不可失了敘述前後的順序和脈絡。

或仰逼於先條，或俯侵於後章。

七，言辭與理意不可使互相妨害。

（有在道理上無妨害而言辭不相宜的，有在言辭上相宜而意義上有妨害的，都該除去其妨害。）

或辭害而理比，或言順而意妨；離之則雙美，合之則兩傷。考殿最於錙銖，定去留於毫芒。苟銓衡之所裁，固應繩其必當。

八，至道理與文采煩雜的時候，應以片言而居要爲一篇的警策。

或文繁理富，而意不指適；極無兩致，盡不可益。立片言而居要，乃一篇之警策。雖衆辭之有條，必待茲而效績。

九，雖然是怎樣的麗句，該力避與前人底闇合。

或藻思綺合，淸麗千眠；炳若縟繡，悽若繁絃。必所擬之不殊，乃闇合乎曩篇。雖杼軸於予懷，怵他人之我先。

十，篇中因爲有了秀逸的辭句，就是以外的部分也生了光輝。

或苕發穎豎，離衆絕致。……石韞玉而山輝，水懷珠而川媚。彼榛楛之勿翦，亦蒙榮於集翠。綴下里於白雪，吾亦濟夫所偉。

十一，獨玩於孤興而不許他人底追隨的，辭音憔悴的，徒然靡美的，單是奇異而逸出道理的，離實而趨慮的，情愛少而僅有辭的，流於奔放的，務妖冶的，失於淡泊的，以上這些，皆所不取。

或託言於短韻，對窮迹而孤興；……雖一唱而三歎，固旣雅而不豔。（以上文賦）

從這看來陸機是從作者一方敘述關於作文的細密的工夫的了。他比較曾不底典論僅說『詩賦欲麗，』『文以氣爲主』的，其觀察實是多方面的。他底所謂依據沈思，所謂以道理與意爲本，以文采與辭比較的爲末，所謂以辭達而理舉爲主之類都可以說是根本不可動搖之論。第五項的音聲五色等說，實在可說是後來沈約等以聲韻應用於文學上的先聲。

陸機在作家一面寧說是『排偶』的開拓者。但還持『以理爲幹』之說。晉代的文學雖麗而不至於靡，是當然的了。

與陸機稍稍同時的有摯虞。（永嘉五年，三一一年頃卒）他編集稱爲楚辭以後的第一部總集的文章流別集，（本傳云三十卷，隋志云四十一卷）選擇建安以後的詩賦。另外又著有文章流別志論二卷。（本傳云，文章志四卷。）他在論裏面說：

古之作詩者，發乎情，止乎禮義。情之發，因辭以形之；禮義之指，須事以明之；故有賦焉，所以假象盡辭，敷陳其志。（中略）古詩之賦，以情義爲主，以事類爲佐；今之賦以事形爲本，以義正爲助。情義爲主則言省而有例矣。事形爲本則言當而辭無常。文之煩省，辭之險易，蓋繇於此。夫假象過大，則與類相遠；逸辭過壯，則與事相違；辯言過理，則與義相失；麗靡過美，則與情相悖。此四過者，所以背大體而害政敎，是以司馬遷割相如之浮說，揚雄疾辭人之賦麗以淫。（古今圖書集成文學典第百九十詩部總論一，引廣文選，又見於藝文類聚卷五十六，太平御覽卷五百八十七，烏程嚴氏全晉文卷七十七。）

察其旨意，在詩賦裏是以情義爲主，以事形爲佐，過於比喻形容的，都是違背事類情義。大意蓋與陸機所說相距不遠。

在論裏說到詩體又舉自三言至九言的例。且說『夫詩雖以情志爲本，而以成聲爲節，然則雅音之韻，四言爲正。其餘雖備曲折之體，而非詩之正也。』（藝文類聚五十六嚴氏引）單注重四言詩這很可看出晉代尊重四言詩的風尚了。

至以外摯虞在怎樣的狀況底下區別文學，和對於各種體裁又是怎樣的觀察的這就不大明白了。

陸機，摯虞以後，在東晉又有李充（充在晉書裏有傳，嘗爲征北將軍褚裒——三〇三至三四九——底參軍）著翰林論。也是談文體試作評論的。翰林論在隋志是三卷，注『李充撰，』梁記爲四十五卷。在梁鍾嶸詩品晉潘岳條裏說，

翰林歎其翩翩如翔禽之有羽毛，衣服之有綃縠。

在郭璞條裏說，

翰林以爲詩首。

雖都是指充底書的，現在無從窺其說之詳了。

以上是依據晉代諸家以敘述其評論之盛的。

第三章　宋時代

在梁鍾嶸詩品中說：

陸機文賦，通而無貶；李充翰林，疏而不切；王微鴻寶，密而無裁；顏延論文，精而難曉；摯虞文志，詳而博贍，頗曰知言。觀斯數家，皆就談文體，而不顯優劣。

以陸機，摯虞，李充等與王微底鴻寶，顏延底論文並列，這可以說到了宋代纔有了王微和顏延之底評論。王顏在宋書都有本傳。只是鴻寶是怎樣的一種著作可不知道。在顏延之有庭誥之作，其中雖有論文的處所，但所謂論文究竟是說這個呢？還是別有所指呢？在這里就不明白了。

在宋元嘉時代，有後漢書底著者范曄。（三九八——四四五）他嘗論文之累說：——

文患其事盡于形，情急於藻，義牽其旨，韻移其意，雖時有能者，大較多不免此累。政可類工巧圖績，竟無得也。（范曄獄中與諸甥姪書）

這是非難在裏面僅是急於模寫形狀，修飾辭藻，拘泥於義理音韻而忘却其旨意的人的。

他又說：——

嘗謂情志所託，故當以意爲主，以文傳意。以意爲主，則其旨必見；以文傳意，則其詞不流。然後抽其芬芳，振其金石耳。（同上）

這就是說應先以意爲主，其次纔及於辭藻，音調的。這種論旨他殆與摯虞所謂『以情義爲主，以事形爲佐』，和陸機，『以意爲所，準才以用辭』之說很相似。

范曄所謂文也許單是就散文而說的，但其理實可通用於一般。如在前面所引『振其金石』一語看來，他底文章注意音調是很值得注目的了。他所說——

性別宮商，識清濁，斯自然也。觀古今文人，多不全了此處。縱有會此者，不必從根本中來。（同上）

的話是自負着對於文章底音節有獨到的見解的。他亦曾說過自通音樂的話。總之，曄所說可謂成了關於後代文章底音節說的先聲了。

在宋時選集底盛行也是很可注意的一件事。這是追隨自晉以來的趨勢的。從隋書經籍志所載的目錄看起來有：

賦集九十二卷（謝靈運撰）詩集五十卷（同上）詩集鈔十卷（同上）詩英九卷（謝靈運集）迴文集十卷（謝靈運撰）七集十卷（謝靈運集）連珠集五卷（謝靈運撰）集林一百八十一卷（宋臨川王劉義慶撰）宋侍中張敷袁淑補謝靈運詩集一百卷，顏竣撰詩集四十卷，宋明帝撰雜詩七十九卷，江邃撰雜詩二十卷，宋太子洗馬劉和注二晉雜詩二十卷，古今五言詩美文五卷，等，在這些的詩賦文章裏有自謝靈運以下並諸家的選錄不少。或以爲如鍾嶸所說的

謝客詩集，逢時輙取；張隲文士，逢文卽書。（詩品中序論）

一樣，這些的集子是沒有選擇的雜採得來的東西，但是想像其間雖沒有什麼判斷，可是決非失當的。所以這等的選集是依據選集者對着作家底作物基於某種的標準，施以取捨而成功的，這種的標準足見是跟着這時代而成立的了。

以上是叙述宋代諸家之說與選集的意義的。

第四章　齊梁時代

在這里要叙到齊梁時代而將及於陳了。

因爲齊梁是南朝文化達於絕頂的時期。在思想上儒敎道敎以外佛敎底流行不殆

說；在藝術上，其成爲畫論的先覺的謝赫唱出『氣韻生動，骨法用筆』等六法的是齊代，在書方面，從東漢底崔瑗，蔡邕，晉底衞恆等以來雖已有評語，但其評論底盛行却是在梁之武帝瘦肩吾等出了之後。關於文學上的各種評論也實在到齊梁時代才大盛。齊與梁不但是時代接近，而且在這里欲說的諸家，多是亙於二代的人，因此把這作爲一時期。陳是揚其餘波而又是在其低下的一面成就的了。

齊梁時代，關於文學可注意的思想，大別爲三。卽是（一）聲韻之說，（二）對於文學上的取捨的標準之說，（三）關於文體及修辭的方法之說。以下就順次地把來說明。

（一）聲韵之說

聲韵之說，以齊之永明中爲最盛。現在欲敍述這個先把以前的概況說一說。

中國底字，可從字形，字義，字音三方面觀察，形與義雖從古代以來已被注意着，但字音是比較地不被注意的。字音底被注意實由於漢儒感着古典有加以訓詁的必要的時候。即是從後漢鄭玄以下的諸儒起總依據譬況（比方）假借（譬況，假借見顏氏家訓音辭篇，而比方之名見唐張守節史記正義論音例）的方法以寫字音。按注例：如說某字音某字，或者某字讀某字時即是今欲解釋的字假其他同音的字來表示其字的就是假借。如說某字若（如）某字，或者某字若某某之某時，即是把含着類似的音的字或者依據用例以說明其他的字音的就是譬況。（比方）在諸儒者底某書底音義，或者題爲音訓的著作，都是用這方法的。

到了魏底孫炎（叔然）就用起所謂『反切』的字音表示的新法來。他在爾雅底文字裏附注的音就是採取這法。『反切』我們現在這樣稱呼，但原來只是稱『反』或者『切』底一字的，後來把這個稱作『翻』或『紐，』其義都是一樣的。

反切，就是以一字底音依據於二字底音底結合以表示出來的一種方法。在這里可以拿

昄　方滿反

來說明。今求『晛』底字音，既知道『方』『滿』底音，則『晛』底音也可得而知了。『方』是代表子音的，『滿』是代表韵尾的，所謂韵尾就是說除去了其字音底前部子音的音。如上字『方』底字音爲"Fung"則這『方』是代表"F"的。又『滿』底音爲"Mwan"則這下一字『滿』是代表除去了前面子音"M"的"Wan"的。把"F"與"Wan"結合的"Fwan"卽是所求的新字的字音。在這里應注意的就是這下一字所用的『滿』必是可以表示是新字所屬的韻種。『滿』既是屬於上聲十四旱韵裏的字則『晛』也應屬於十四旱。這卽是作爲『反切』所用的二字其上一字是表示子音，下一字是表示韻尾且表示韻種的用法。

『反切』之法在魏代可說是很盛行的。

在魏，有李登底聲類，其書是把字區分音別更附以訓詁於其上的。在晉有呂靜底韻集，其書大略與聲類相倣。但這書以宮，商，龣（角）徵，羽，各自分成一篇說起來在字音上似是以樂調爲參攷的了。在康熙字典『韵』字下引晉陸機文賦中

『收百世之闕文，採千載之遺韻』句，作爲文人言韻之始，（此說是本顧炎武音論）以爲漢魏以上的書是言音不言韻的。但是倘依了文心雕龍則在晉時張華已經是論過韻的了。文心雕龍說——

及張華論音，謂士衡（陸機字）多楚；文賦亦稱，知楚不易。（文心雕龍聲律篇）

依此則從晉代以來可說已注意於所謂同調子的音節卽是『韻』這一件事。（聲律篇說：『異音相從，謂之和；同聲相應，謂之韻』）實在在『反切』之法已經產生的時候已有所謂『韻』的思想了。

把這與文學關連起來看，詩賦文章對句的法則，雖然自漢魏以來就有了，但還是與字音底注意底增加一起增加起來的。晉之陸機，是開齊梁以後的對法的一人。晉宋之間，詩人謝靈運也是一樣。到了宋歷史家范曄文學者謝莊等都用意於文字底聲音上面，並拿來應用到文學作品裏面去了。尤其是謝莊以說明『雙聲』『疊韻』

底專門語顯著於當時。南史謝莊傳說：

王玄謨問莊：『何者爲雙聲？何者爲疊韵？』答曰：『玄護爲雙聲，磝碻爲疊韵。』

所謂雙聲，就是說甲乙兩字底前部的子音有相等的關係，所謂疊韵，就是說甲乙兩字底韵尾是相同的。

這種雙聲疊韵的思想，遂在文學上惹起了大關係。

（以上叙齊梁以前的概況。）

到了齊之永明時代（西紀四八三至四九三）而聲韵之說以興。在南齊書及南史底陸厥傳裏，記載有沈約，謝朓，王融，周顒，善於識別聲韵，以平上去入爲四聲，並因此以制韻的事；在南史裏記着有論五言詩有平頭，上尾，蜂腰，鶴膝等的制規，而這等的詩世稱爲『永明體』的事。

永明末，盛爲文章。吳興沈約，陳郡謝朓，琅邪王融，以氣類相推轂；汝南

周顒，善識聲韻。約等文皆用宮商，以平上去入爲四聲，以此制韻，不可增減，世呼爲『永明體。』（南齊書陸厥傳）

約等文，皆用宮商，將平上去入四聲，以此制韻。有平頭，上尾，蜂腰，鶴膝。五字之中，音韵悉異；兩句之內，角徵不同，不可增減。世呼爲『永明體』（南史陸厥傳。）

到這時周顒，沈約等應用向來的宮商角徵羽等音樂上的規則改作以五音（五聲）爲本的分類法，定字音底調子爲四種類，而名爲平聲，上聲，去聲，入聲。四聲底調是怎樣的呢？唐釋神珙引元和韵譜說：

平聲者哀而安；上聲者厲而舉；去聲者淸而遠；入聲者直而促。

這很可以得其髣髴了。

周顒是永明七年（四八九）或者在其前卒的，沈約底宋書是永明六年成功的，其謝靈運傳後論既已論到利用音韵之法於文學了，依這看來，他們底聲韵說，在其時或者在以前已經被研究過了是無疑的。

沈約之說，說是從周顒得來的。周顒著了四聲切韵而行於時了，沈約纔著四聲譜。在隋書經籍志，雖有四聲一卷（梁太子少傅沈約撰）但在梁書底沈約傳裏旣有『撰四聲譜』那四聲譜是不錯的了。

四聲切韵及四聲譜底原形雖不能知道，但後者是本於前者所成的簡單的譜那是實在；而且旣稱作譜，卽是作爲表示可以看出音韵的大綱的東西，至於把一切的文字分別編入爲若干種的韵那就不能想像了。因爲，後來隋之陸法言所撰的切韵曾舉晉代呂靜以下前代六家底韵書而不言及沈約，且在唐底釋神珙底四聲五音九弄反紐圖序裏有

梁朝沈約，創立紐字之圖，

一語。沈約之譜，或者就是圖罷！（注意：紐字有三義：一指反切底下一字的時候，二更爲狹義的指其下字的韵尾的時候，三用於與反、翻同義的時候。所謂『紐

字之圖，』猶如說韵字之圖一樣）包括一切的字聲於四種裏面在發見以後看來雖是很容易的，但其發見的功不能不說是偉大了。

沈約以四聲之說利用於文學上，尤其是五言詩而說成『八體。』他說：

> 作五言詩者，善用四聲，則諷詠而流靡；能達八體，則陸離而花潔。（沈約答北魏甄琛——思伯——書，文鏡祕府論卷一引，花字可疑。）

一般只知道沈約是四聲八病底首唱者，並不稱他說過『八體，』或者『八體』是原來的稱呼，而後把來呼作『八病』罷！

所謂八病，就是平頭，上尾，蜂腰，鶴膝，大韵，小韵，正紐，旁紐。在這裏面平頭，上尾，蜂腰，鶴膝四名目已見所引的南史陸厥傳了。至於八名目各個底性質，無論在唐以前的書，或者在唐代說詩的詩格，詩式之類的書裏都不見有系統的說明。只有在日本釋空海撰著的文鏡祕府論，和文筆眼心抄裏發見有詳細地說明這個的。在梅園三浦氏底詩轍裏既已言及此事，詩轍（卷二）並載有關於梅園之友喬彥駿底八病之說。還有收在日本本朝文粹（卷七）裏的關於長德三年學生時棟底省試詩的大江匡衡與紀齊名底議論，曾引用元兢底詩髓腦及著者不明的文章儀式等書以說蜂腰病。空海底撰著最信爲可據的，所以依此以說明八病罷！空海所引有王斌，沈氏（大概是沈約）劉滔，元氏（元兢）等。空海是融會諸說以說明的，所以不特別明記姓名，雖是空海自己底學說也可以看做當時通行的底說法哩。

在這里所說的八病是就五言詩來說的。

一，平頭

第一字，第二字，第三字，第四字，第五字，（第一句）
第六字，第七字，第八字，第九字，第十字，（第二句）

第一字與第六字，第二字與第七字不得用同聲（無論平上去入）的字。用了的就是病。特別以第二字與第七字同聲的是大病。例如——

芳時淑氣清
提壺臺上傾

芳與提，時與壺都是平聲這是病。

樹表看猿掛
林側望熊馳

第二字表與第七字側，表是上聲字，側是入聲字雖爲異聲然仍是病的，因其是同等的仄聲（上，去，入三者）故不可。

空海引沈氏說：

沈氏云：『第一字第二字不宜與第六第七同聲，若能參差用之則可矣。

空海解釋說：『謂第一與第七，第二與第六同聲，如秋月，白雲之類。』

更舉——

﹝秋。月、照綠波

﹝白、雲。隱星漢

之句爲例。其意以爲沈氏之意是說如秋。與雲。（一與七）月、與白、（二與六）一樣同是平聲入聲所以不相宜。但在其下特以細注表明說『此，即於理無嫌也。』這在空海之意以爲如秋月，白雲似是無妨害的。

二，上尾

﹝第一字，第二字，第三字，第四字，第五字，（第一句）

﹝第六字，第七字，第八字，第九字，第十字，（第二句）

第五字與第十字不得同聲。同聲的就是病。

例如——

﹝西北有高樓。

﹝上與浮雲齊。

樓。齊。都是平聲，所以是病。

記者按此病原是在於不押韻之句。至二句連屬而押了韵的自然是同聲的了。

所以空海說：『連韵者，非病也。』

如——

青青河畔草、
綿綿思遠道、

是。草、與道、是以連押的目的來應用了的，所以不是病。倘不是連押而犯此的就是大病。空海說：

此上尾齊梁以前，時有犯者；齊梁以來無有犯者。此爲巨病。

又引沈氏說：

沈氏亦云：『上尾者，文章之尤病。』

三，蜂腰

第一字，第二字，第三字，第四字，第五字，

這是說在同一句內第二字與第五字不得同聲。所以把這名與蜂腰的理由，是在於所謂『兩頭粗，中央細，似蜂腰也。』——空海引沈氏說：

沈氏云：『五言詩之中，分爲兩句，上二下三，凡至句末並須要殺。』

此言頗有妙昧。五言雖在一句之中，如把這分爲二部則上部二字和下部三字都可作成句，其各句底末字（卽第二字第五字）在音調上都好似是斷句的樣子。（殺）以圖表示出來則五字句可如

㊀㊁」上句末　㊂㊃㊄」下句末

這一樣，分別以第二字和第五字爲句末。

記者按：蜂腰之病是指犯二五同聲的時候頗多可疑。第一是對於一般說的呢，還是就有特殊的地位的句法而說的呢？第二是二五同聲究竟是必須避忌的嗎？空海舉——

聞君愛我甘
竊獨自彫飾
徐步金門出
言尋上苑春

以爲例，更引或說云：

或曰：『君與甘非爲病，獨與飾是病。所以言者，如第二字與第五字同去上入，皆是病，平聲非病也』（記者按是元兢說。）

這照唐律考究，如獨和飾或者因是同等的入聲故說是病罷。但爲君和甘因同是平聲的緣故，就難得說這是病了。又如第二例的步，出，尋，春在唐律並不是病。梅園論蜂腰之病說：

今依唐詩作例來研究，倘是平韵的詩，則在上句可說，而在下句不可說；側韵的詩若是正聲則下句應避忌。因爲○●二○○●五這一句雖二五難忌，但側韵中既有上去入的交互的聲音，卽應守其法；●○二●●○五這一句若二五都是平聲那就不須避蜂腰之病了。所以秘府論說：『聞君愛我甘，竊獨自彫飾，君甘非病，獨飾是病。』

這論很得當。卽是說此病如果是平韵之詩則是就上句卽不押韵的句而說的；如果是仄韵的詩，則是就下句卽押韵的句而說的。質言之就是此病在第五字爲仄聲（上去入）的時候該論，若第五字爲平聲的時候卽不須論。

文粹所載的省試詩的議論，是紀齊名以時棟底

寰中唯守禮　海外（去聲）都無怨（去聲）

下句外，怨，兩字同是去聲，說犯了蜂腰病，大江匡衡說：『齊名以爲時棟底詩下句有蜂腰之累，但是齊名若依了所根據的詩髓腦則下句蜂腰成爲不可避的病那無妨害；』並引先列說：『都良香在聽古樂的詩題裏作了「明王尤好古，靜聽（去聲）時臨座（去聲）」的韵而及第。』齊名答他仍主張自說，而引詩髓腦道：

詩髓腦云：『蜂腰者，每句第二字，與第五字同聲是也。如古詩云：「聞君愛我甘，竊獨自雕飾。」（君與甘同平聲，獨與飾同入聲是也。）元兢曰：「君與甘非爲病，獨與飾是病 。所以然者如第二字與第五字同上去入，皆是病。平聲非爲病也。此病者，輕於上尾鶴膝，均於平頭，重於四病。」』

又縮引文章儀式說：

文章儀式云：『蜂腰，每句第二字與第五字同音也。不得然者。』

齊名欲據此以護自說而匡衡更據此以駁齊名。倘依我們看起來則二五同聲的病只是由於沒有規定到底是避忌一切的句的呢，還是只避忌特殊的句這一種界限而生的。空海在說蜂腰後又說「二四同聲」也是不好的。他說——

第二字與第四字同聲，亦不能善。此雖世無的目，而甚於蜂腰。

在唐律裏二四不同聲的名目，在空海的時候尚沒有發見。空海所說可說是從實地體得的。

四，鶴膝

（以下用符號）

此病是說第五字與第十五字不得同聲的。

空海說明命名之由道：『兩頭細，中央粗，似鶴膝也。以其詩中央有病。』

例如——

第一句　○○○○○（一二三四五）　第二句　○○○○○（六七八九十）　第三句　○○○○○（十一十二十三十四十五）　第四句　○○○○○（十六十七十八十九二十）

撥棹金陵渚（上聲）　遵流背城闕　浪戚飛船影（上聲）　山掛垂輪月

新裂齊紈素（去聲）　皎潔如霜雪　裁爲合歡扇（去聲）　團團似明月

第一句的第五字『渚』已經是上聲了，則第三句末即第十五字『影』不可是上聲的字。同樣，既有了『素』的去聲，則不能再有『扇』字的去聲了。倘不避這法的就是犯了鶴膝之病。空海於此曾引沈約底話以戒犯此病者。說道：

△沈玉東陽著辭曰：（虎雄按：坊本祕府論，苦多誤字，△玉字當是約字之誤，沈約嘗爲東陽太守，約之此辭，未詳其出於何文，俟考。）『若得其會者，則脣吻流易。失其要者，則喉舌蹇難。事同暗撫失調之琴，夜行坎壈之地。』

又引沈氏說：

沈氏曰：『人或謂鶴膝爲蜂腰，蜂腰爲鶴膝，疑未辨。（虎雄按或人蓋指王斌翟）

可見沈約時尚有混合蜂腰鶴膝二者之辨。

鶴膝不獨是在第一句與第三句時要論，而且在第三句與第五句或者第五句與第七句之間也可把這意義推而及之。空海說：

此曰第三句者，舉其大法耳。但從首至末，皆須以次避之。若第三句不得與第五句相犯，第五句不得與第七句相犯。犯法準前也。

五，大韵

凡是在第十字上押韵的時候，在以上的九字中不得用與押韵同韵的字。用了的就叫作犯了大韵之病。例如：

○一○二○三○四○五　○六○七○八○九○十

紫翮拂花樹　黃鶴△開六枝（韵）（與枝同韵）

誰知遲暮節　悲吟△傷寸心（韵）（與心同韵）

在這例子裏已經是用枝與心押韵的了，則在其上九字內不得再用與枝同韵的鶴字和與心同韵的吟字。

把這種意義更推廣來說，在二十字內也可說不可用同韵的字的。但作者特意所用的叠韵之字不論。

六，小韻

這不是犯韵脚的韵，乃是說在九字中兩次用了的其他的同韵之字。但原來的疊字底使用是例外。

一二三四五　六七八九十
○○○○○　○○○○○┐韵脚

寒朧出戶望△　霜花朝瀁△日┐韵脚
夜中△無與語　獨寤撫躬△歎┐韵脚

在這里前例雖與日沒有同韵的，但望與瀁是同韻，是犯了病，可把望或瀁易以他韵之字。從例中躬對於歎字也同樣。

七，旁紐

關於旁紐正紐的諸家底解釋各各不一難得要旨。我現在只能把自己底意述出，先說語義，次說其性質。

秘府論（卷一）有『調四聲譜』一項。其中引崔氏底話說：

崔氏曰：傍紐者，

風 小 月 膾 奇 今 精 酉

表 豐 外 厥 琴 䤭 酒 盈

紐聲雙聲者

土 煙

天 隖

右已前四字縱讀爲反語，橫讀是雙聲，錯讀爲疊韵。……（下略）

這縱讀起來『風小』之反爲『表，』『土煙』之反爲『天，』『表豐』之反爲『風，』『天郎』之反爲『士，』（他倣此，）橫讀起來如『風表，』『月外，』『士天』爲雙聲；錯讀（卽對角線的讀法）起來『風豐，』『表小，』『月厥，』『外脸，』『士鴟，』『天煙，』等是疊韵。傍紐之名如從圖說上所表出的一樣，其語義是說甲乙二字互有雙聲的關係（卽各字前部子音相同）而不必同韻（聲）的。『風表』『士天』卽是其前部子音都相同而韵却不同的。這就叫做傍紐。這里所謂紐就是前面所說的紐底三義裏的「韵尾」之義。換言之所謂傍紐猶如說他系的韻一樣。

傍紐所以稱爲詩病的，是這樣一個意義。凡在一句中不得用與某字爲雙聲的其他的字，用了的就是病。但用二字連屬起來作爲雙聲的字是例外。所以傍紐又可稱爲『禁隔字雙聲。』在五字以內最忌，十字以內稍寬。例如——

魚△遊見風月△　獸△走畏傷△蹄

元△生愛皓月△　阮△氏願△清風

魚與月，獸與傷，元與月，阮與願，都是互相隔字而爲雙聲的，所以是病。

八，正紐

所謂正紐是指屬於同系統的韻。這裏有一音，與其音相同的，無論其爲平聲，上聲，或者去入聲都可叫做同系統的。這裏有有一『曰』的音，便可用左列各字表其四聲。

壬平聲　衽上聲　任去聲　入入聲

這『壬衽任入』便叫做正紐。

以正紐作爲詩病的是說在一句或者在十字中不得用四聲的同音字。中國字一字音不必適有對於該字音的屬於同系統的四聲。但有了四聲的時候已經用其一聲的字就不得用同系的其他三聲的字了。犯此的就叫做犯正紐的病。例如——

我本是漢家子△　來嫁單于庭△

家（平聲）與嫁（去聲）是同音的平去聲。

曠野莽茫茫

莽（上聲）與茫（平聲）是同音的上平聲，都是病。

空海引元氏說：

正紐者一韻（說二句十字以內）之內有一字四聲分爲兩處是也。

這話對於正紐之病底說明很得要。例如梁簡文帝詩：

輕霞落暮錦　流火散秋金（金錦禁急，是一字的四聲。今分爲兩處，是犯正紐。）

『金錦禁急』順次地爲『ㄐㄧㄣ』底平上去入四聲是同系統的字。既已用『金』又復用『錦』所以說是犯了正紐的。

按正紐是病的緣因，不僅是正紐爲二字雙聲，（雙聲之病已犯了傍紐之病了。）而且又有近似叠韻之嫌。（叠韻之病就是犯了大韻和小韻之病。）

以上是說明八病的。

統觀這八種的規定，平頭，上尾，是在欲避句頭，句尾，底疊韵（或者聲底近似）的。蜂腰，鶴膝是在欲避同句，隔句底疊韵（或者聲底近似）的。大韵，小韵，是在避在兩句以內與韵脚同種或者異種的疊韵的。傍紐，正紐，一並是在避一般或者特殊的雙聲的。因爲在特意地使用奮字即是同時爲雙聲和同時爲疊韵的字（如靑靑，洋洋等）或者連屬的雙聲疊韵的詞（如蕭索是雙聲，窈窕是疊韵）以外對於以上八病其相當的文字底排列只是避忌那在聽官上惹起不愉快的感覺的罷了。於是沈約便規定了這種的新法。

這種方法不但是在詩裏面而且在『筆』一方面就是對於當時的散文，也是被要求了的。沈約自己直接所說的『筆』底規則現在雖不得見，但在文筆眼心抄裏曾說過『筆十病，』其從第一到第八止正列着與詩底八病同樣的名目而揭舉了許多事例。大概也是同時所流行的說法哩。

沈約及其徒之說，曾爲詩賦文章一切的文學所應用。齊梁底文學所以忽然與從前的文學一新其面目的就是此說底影響。唐代文學底隆盛，其遠因也存在這里。後來韵字底分類底發生也是從此說而受了刺激的。

其次要說到沈約底周圍和在其後的狀況了。

沈約雖爲四聲之說，但還不能爲當時所信。梁底武帝常問周捨說，什麽叫做四聲？捨答以『天子聖哲。』但帝終不遵用。（梁書沈約傳）周捨用『天（平聲）子（上聲）聖（去聲）哲（入聲）』底言辭是並欲示其聲的。武帝又嘗問中領軍朱異說，何者名爲四聲？朱異回答說『天子萬福即是四聲。』武帝說，『天子壽考豈非四聲耶？』時人皆以朱異能言爲美而歎武帝之不悟。（秘府論卷一）醉心於佛敎，且奬勵過梵歌作過佛調的歌曲的武帝究竟是眞的與否雖還是一疑問，但懂得四聲的人還不多是很可以知道了。

對於沈約所說也有唱反對的議論的人。約在永明六年（四八八）著宋書時在謝靈運傳論裏說：

夫五色相宣，八音協調，由乎玄黃律呂，各適物宜，欲使宮羽相變，低昂舛節。若前有浮聲，則後須切響；一簡之內，音韵書殊，兩句之中，輕重悉異，妙達此旨始可言文。（中略）自靈均以來，多歷年代，雖文體稍精，而此祕未覩。

及陸厥作書與約，述及約所言古人不解言韵，是誣古人的意思，當時約回答說：

自古辭人，豈不知宮羽之殊，商徵之別。雖知五音之異而其中參差變動，所昧實多。故鄙意所謂此祕未覩者也。（南齊書陸厥傳）

北魏底甄琛（正光五年卒，梁普通五年，西紀五二四，）也以沈約底四聲譜是從穿鑿而出的，並把約少年時的詩文所犯的聲來相詰難，且說『若計量四聲而爲紐，則天下衆聲沒有不入於紐的，萬聲萬紐，何止於四。』這是說倘使如約所說一樣，那就是發生了萬聲萬紐不可以四聲爲限了。約對於這說用了譬喻的底說明道：

四象既立，萬象生焉；四聲既周，羣聲類焉。

他又說：

經典史籍，唯有五聲，而無四聲。然則四聲之用何傷五聲也。

這稱五聲（五音）四聲的關係雖稍缺明瞭，然四聲是羣聲底基本其意在前段已說明了。（甄沈往復文見秘府論卷一）在魏書甄琛傳裏說琛著磔四聲論，詰難沈約的想就是這書裏的文章罷！

唱四聲的說的不僅是沈約一人，南齊書陸厥傳裏說：『其時有王斌者，不知何許人，著四聲論行於時。』據秘府論（卷一）則王斌是洛陽人，撰五格四聲論。五格底意義雖不詳，也許是五音底格的意思罷！在孫愐的唐韻序裏有『或人不達文性，便格於五音爲足。』底話，所謂『或人』似是指王斌輩的。空海評斌底書說：『文辭鄭重，體例繁多；剬拆推研，忽不能別矣。』則其書大概是繁雜而不得要的。但在秘府論裏引用斌說的處所甚少，只有在鶴膝條裏說及蜂腰鶴膝，體有兩宗，各立不同；王斌五字制鶴膝，十五字制蜂腰，並隨執用。

（按沈約底或以蜂腰作鶴膝，以鶴膝作蜂腰的話許是說的斌輩能。）

在小韵條裏說及

王斌云，若能迴轉……云云

這兩處罷了。

稱揚約說的人只有北魏底常景。（五五〇年卒）他作四聲讚說：

四聲發彩，八體含章。（秘府論卷一）

現在要就促進聲韵說發生的原因來說一說了。

音韵底注意從後漢以來因了學者底研究，尤其是因了佛教經典底繙譯誦讀把注意漸漸地深了起來。所謂竺法護譯了光讚般若經纔傳入四十一字母的話是在西晉底太始年間。（二六五至二七四。）晉宋以來外國底僧進來的很多，經文底譯譯大盛，所以漸漸有了通曉梵音的人。宋之謝靈運以下，齊梁底於聲韵有關係的諸文士，無論其同時均是佛教底研究者歸依者，把佛教看作對於聲韵說給與以影響，總算是很對的了。

以上是叙述（一）糅錯之說的。

（二）對於文學的取捨的標準說

中國人對於文學的思想，在魏晉以前概以文學去扶翼道德的爲有價值，魏晉以來纔離了道德漸漸至於給與以獨立的地位了。其關於使文學獨立的議論如嘗不有所謂詩賦欲麗的話，如陸機虞摯等有所謂以道理情志爲本，譬喻形容爲末的話。與這同時還有各種的選集評論也很流行，其間各人所執的意見是很不一致的。典籍散佚我們雖不得知其詳細，但羣議紛紛的狀況不難推察了。

到了梁『我們該取怎樣的文學』底問題，還繼續存在。其狀況就現在所存的書籍可考而知。對這問題底回答，一是單取了綺麗，一是綺麗與實質兼取，有這二種的傾向。代表前者的是蕭綱（梁簡文帝）代表後者的是綱底兄蕭統。（昭明太子。）

蕭統（五〇一至五三一）他底意見以為文學該是一種文質彬彬的東西。他說：

夫文，典則累野，麗則傷浮。能麗而不浮，典而不野，文質彬彬，有君子之致，吾嘗欲為之，但恨未逮耳。（蕭統答湘東王求文集及詩苑英華書）

這種所謂『質』的思想中或者是把道德底觀念也含在裏面了。他在陶淵明集底序裏有『此亦有助於風教也』這一句話。可見為文而有助於風教的更是他所賞贊的了。可是他並非是以文來維持風教的人，只是避開那有害風教的排斥那僅偏於太綺麗一邊的作品罷了。

他在意見上持着這種思想，雖在他自己所作的裏面也是不悖這種的意見的。與他同時的劉孝綽因了他底命編集他底文集在序裏會說他對於宴遊，祖道之詩，書，銘，七，表，等諸體皆擅長，且說：

皆喻不備體，詞不掩義；因宜適變，曲盡文情。

文說他是兼司馬相如以下諸作家底長，且稱讚他說：

能使典而不野，遠而不放，麗而不淫，約而不儉，獨擅衆美，斯文在斯。

（劉孝綽昭明太子集序）

這很可以知道了。

蕭統用了這種文質兼用的思想與在道德以外還有文學的思想而編集了一部文選。在文選裏不採聚經，諸子，策士底議論，史傳等。其中單採取在文的方面特別有價值的，如詩，賦，頌，箴，論，銘，誄，讚，詔，誥，敎，令，表，奏，牋，記，書，誓，符，檄，弔，祭，悲，哀，答客，指事，篇，辭，引，序，碑碣，誌狀之類。依着他底話則如經子說是

蓋以立意爲宗，不以能文爲本。

的作品。史傳說是

所以褒貶是非，紀別異同，方之篇翰，亦已不同。

的作品，（以上論旨引文並見文選序）

他在言辭上表明的雖不可看作文學與非文學底區別但在其胸底已無形地把這二者區別得很明瞭了。而且採取文章的標準，是在『兼文與質而不害風教』的。從這里很可看出他所持的議論，我們取文選來研究就可以知道他底用意底所在了。

在文學底標準上與蕭統顯著地表示差異的，就是其弟蕭綱。（五〇三至五五一）綱曾在與弟湘東王繹書裏誹議當時的文體說：

比見京師文體，懦鈍殊常。競學浮疏，爭爲闡緩。玄冬修夜，思所不得。既殊比興，正背風騷。（蕭綱與湘東王書。）

所謂『殊比興，背風騷，』不是排斥那不流於質直，不本於性情的作品的嗎？

他又罵那以文學的製作而模擬經義的說：

若夫六典三禮，所施則有地，吉凶嘉賓，用之則有所。未聞吟咏性情反擬內則之篇；（內則，禮記篇名；）操筆寫志，更摹酒誥之作。（酒誥，尙書篇

名。）遲遲春日，翩學歸藏；（歸藏，易之一種；）湛湛江水，遂同大傳（大傳禮記篇名）

（與湘東王書）

這與蕭統同樣也是區別文學與非文學的。敘述性情，描寫天然的文與經典的文是很有分別的了。

蕭綱在這書裏並說當時文士底遣辭用心，與從前的司馬相如，楊雄，曹植，王粲，潘岳，陸機，顏延之，謝靈運，等是不同的，且一面攻擊那模擬謝靈運而不得其天然精華只嘗其糟粕，學裴子野（梁人）底文，只在他底史筆而不可慕其質直的處所的人，一面推崇謝朓，沈約等說道：

至於近世，謝朓，沈約之詩，任昉，陸倕之筆，斯實文章之冠冕，述作之楷模。（與湘東王書。）

朓，約，昉，倕，等即以他底聲韵之說應用於文學而作為最綺麗，諧調的作品的人。以冠冕，楷模，的話相推許看來，這四人實在是近於綱底理想的人了。

蕭綱嘗戒其子當陽公大心（當時是十歲至十三歲的光景）說：

　立身之道，與文章異。立身，先須謹重，文章，且須放蕩。

他很明白地把道德與文學區別開來了。而且說文章是須放蕩的。卽是說性情須自由地放任不可受其他何等的限制。以做父親的誡其幼兒而說這話，這是他底堅强的信念，是很對的。

蕭綱在作者一方面也實行了他底論旨。他好豔詩宮體。他在自序裏說：

　余七歲有詩癖，長而不倦；然傷於輕豔，當時號曰『宮體。』（梁書，簡文帝紀自序）

他當做太子的時候（五二九至五四九）愛徐摛徐陵等底新的綺麗的詩文，東宮裏的人都學他，因此有『宮體』底名目。因爲豔詩從所謂把男女相思之情誠實地歌咏出來這點說，算是傾向於設取關於閨房的題目，而遊戲地弄着綺豔的文字的作品了。

綱使徐陵編玉臺集，在集中曾取了關於綺羅脂粉的文字中的最麗靡的作品。徐陵在此集裏的序上曾有

選錄豔歌，凡爲十卷。

的話。綱自己也說『傷於輕豔。』務豔而且不厭流於輕浮，恰似從綱底『文章且須放蕩』底持論而出的。

倘若對着玉臺集律以風敎道德之說，或者不可爲訓的也許有的罷，但是在綱底眼中，原來是沒有這種思想的，他單是在文辭上欲深深地愛玩其綺豔罷了。以玉臺集來比較文選我們對於其選擇標準底差異底顯著是很可驚的。即是一則專尙綺麗，一則文質兼備。玉臺集所收的只是詩，而賦與文章都沒有，即使有也必定與文選所採大有不同的。

大概說來玉臺集可說是代表時代潮流的，文選是對於這等的潮流參加了多少的實質在內而想挽救其弊病的。只是玉臺集底編成在文選後。

以上敘述關於梁代底傾向的蕭統蕭綱之說。

所謂文學，是單取文的呢？還是取兼備文與質的？論起來雖有異說，但蕭統底區別「立意」「能文」是以爲文而作文的叫做文學：蕭綱底在於敘述性情描寫天然而看出了與經義不同的也是承認了美文是文學了。如這一樣把文學當作獨立的東西看，很可看出梁代一般的潮流。但是統，綱，二人以外，同異之說還是有的。

蕭綱爲晉安王的時候（天監五年至八年，綱四歲至七歲，五〇六至五〇九）在其記室中有鍾嶸。（天監九年，五一〇，尚存。）鍾嶸之說，對於說『七歲有詩癖』的蕭綱有怎樣的影響沒有雖不明白，但在純粹地承認文學這一點兩人是相同的。然而蕭綱把謝眺沈約底詩至推爲文章底冠冕，鍾嶸則說『次有輕薄之徒，笑曹劉爲古拙，謂鮑照羲皇上人，謝眺今古獨步也。』以美譽謝眺的爲輕薄；綱很推稱豔詩，而嶸則決不限於豔詩，這是顯然的差異。

嶸底表現詩品的詩品一書，元來齊之劉繪（士章四五八至五〇二）曾有著作之意而不成，嶸是繼續其志而作的。詩品底成功大概是在梁之天監九年以後不久的年代罷。

詩品是就漢以後的作者底五言詩而把其人的等級分爲上中下三品的著作。稱作書品，畫品，詩品等的爲齊梁底一種風氣，是以評論其事物底價值定其優劣的等級爲目的。詩品底品第底當否可別論，其關於詩底總論是很值得注意的。

他在上品底序裏說：

氣之動物，物之感人，故搖蕩性情，形諸舞詠；照燭三才，暉麗萬有；靈祇待之以致饗，幽微藉之以昭告；動天地，感鬼神，莫近於詩。（上品序）

他由此以評論從古代至宋的詩底概略，再及於四言詩與五言詩底比較，而歸重於五言詩，其理由是——

夫四言文約意廣，取效風騷，便可多得。每苦文繁而意少，故世罕習焉。五

言居文詞之要，是衆作之有滋味者也。故云會於流俗。豈不以指事造形，窮情，寫物，最爲詳切者耶？（上品序）

這就是他以五言詩爲主而作爲品第的緣由。

他更進而引詩底興，比，賦，三義，他解釋三義說是『文已盡而意有餘，興也；因物喻志，比也；直書其事，寓言寫物，賦也。』他更以對於興比賦有適當地使用的力爲本，而施以文彩；使有無窮之味而感動人心的，爲詩底極致。說道：

弘斯三義，酌而用之，幹之以風力，潤之以丹彩；使味之者無極，聞之者動心，是詩之至也。

他知道詩是本於性情的，人或應四季底變化，或因一身底境遇機會而發動了種種的感情，常把其情表現出來以安慰自己的就在於詩。他把這種的意思很美麗地說出來了。

若乃春風春鳥，秋月秋蟬，夏雲暑雨，冬月祁寒，斯四候之感諸詩者也。嘉會，寄詩以親，離羣，託詩以怨；至於楚臣去境，漢妾辭宮，或骨橫朔野，或魂逐飛蓬；或負戈外戍，殺氣雄邊；塞客衣單，孀閨淚盡；或士有解佩出朝，一去忘返；女有揚蛾入寵，再盼傾國。凡斯種種，感蕩心靈，非陳詩何以展其義，非長歌無以騁其情。故曰：『詩可以羣，可以怨。』使窮賤易安，幽居靡悶，莫尙於詩矣。故詞人作者，罔不愛好。（上品序）

他以性情爲詩之本，所以把訴於情的作爲詩，而不取那說理說事的。這與一般的儒者動輒以爲非經過理性和意志底訓練的就無足取這種的意見，是很有差異的了。他單是泛言『性情』雖不用如後人所說的『興趣』的話，但他底眞意，確是著重『興趣』的。他說：

夫屬詞比事，乃爲通談。若乃經國文符，應資博古，撰德駁奏，宜窮往烈。至乎吟咏性情，亦何貴於用事。「思君如流水，」既是即目；「高臺多悲風，」亦惟所見；「清晨登隴首，」羌無故實；「明月照積雪」詎出經史。觀

古今勝語，多非補綴，皆由直尋。（中品序）

他底意思固存有排斥在詩裏面引用經史底話，或者從事於故事，故典底詮釋，以爲古今詩句之佳者都是作者從直接經驗所尋得的感情與趣底妙境底發洩，凡是帶有故實與經史臭的皆非是詩；在詩裏是特別有詩底天地的。在這一點他是與蕭綱底叙述性情描寫自然的見解有相近的處所。嶸又嘗誹論晉底孫綽，許詢等底詩平典而似道德論，（上品序）在這點上又可說是與蕭統不採經子史傳的意很相近了。

至嶸對於宮商之辨，四聲之論底見解如向所聞知的一樣，從王融，謝眺，沈約等底說起都說是『文多拘忌，傷其眞美。』所以他自己底見地以爲不必服從那種細微的規則，只要口調流暢就可以的了。

余謂文製本須諷讀，不可蹇礙。但令淸濁通流，口吻調利，斯爲足矣。至平上去入則余病未能，蜂腰鶴膝，閭里已具。……（下品序）

這就是他對於宮商之辨和四聲之論的意見。

總之鍾嶸之說，以爲詩是以性情，興趣爲主的，在這點信是最重要了。

以上敘鍾嶸之說。

其次所說的裴子野之說恰是與鍾嶸立於正反對的。

裴子野（齊建元元年生，梁大通二年卒，四七九至五三〇）與蕭統是同時代的人。他本來是歷史家。曾著雕蟲論詆議純文學。這著成功期，蓋在大通元二年（五二七，八年頃）的時候。

他先說古詩在於勸美懲惡，本於王化的，再敘到後來的作者趨於枝葉，流於華藻的事實，至騷賦詩歌起而雅鄭愈加混亂了。尤其是到了南朝，宋底顏延之，謝靈運出，以修飾爲能事，自孝武之大明（四五七至四六四）以來，至梁而其風愈加地盛了。

自是閭閻少年，貴游總角，罔不擯落六藝，吟詠情性；學者以博依爲急務，謂章句爲顓魯，淫文破典，斐爾爲功，無被於管絃，非止乎禮義。深心主卉木，遠致極風雲；其興浮，其志弱，巧而不要，隱而不深；討其宗途，亦猶宋之風也。若季子聽音，則非興國；鯉也趨室，必有不敢。荀卿有言，『亂代之徵，文章匿而采，』斯豈近之乎？（雕蟲論末段）

在這中間所謂『擯落六藝，吟詠性情；』所謂『學者以博依爲急務，謂章句爲顓魯；』所謂『淫文破典，斐爾爲功；』所謂『無被於管絃，非止乎禮義；深心主卉木，遠致極風雲；』等等都是作者誹謗那用力於吟詠性情，描寫自然界底卉木風雲而與經典遠離的議論了。

子野這論明說是『宋明帝令文武之臣課詩有不能作者，或買之以應命，於是天下向風，雕蟲之藝於時爲盛，故論及之。』但是這文是在梁底大通中作成的，或者是借以誹議梁武帝的也未可知。

子野所說，是儒者當中所常抱持着的議論。是爲了實際的直接的目的所以欲把純文學上的浮詞空文一掃而去。這是與鍾嶸所說正相反的。嶸以爲既無吟詠性情底必要，更無須使用經史上的語句；子野則非難何故吟詠性情不學六經底章句呢？鍾歎美古今底勝語，皆由於詩人底直尋，裴則非難何故爲了卉木風雲徒勞心力呢？其相差也算是很遠了。

子野所說不單是論當時的文弊的殆是他底文學無用論。其說絲毫不足新奇，只是要知道在梁代偏重純文學的潮流中也有這種的議論底存在罷了。

以上敘裴子野之說。

在裴子野之後有南齊書底著者蕭子顯。（齊永明七年生，梁大同三年卒，四八九至五三七。）他嘗著自序說。

風動春朝，月明秋夜，早雁初鶯，開花落葉，有來斯應，每不能已也。（梁書本傳引）

這是說對於四時的景物的興趣油然湧出不能自已纔發爲文辭的。

他在南齊書文學傳底後論裏先把齊梁二代底文學做爲三派：一是尙華綺閒曠的，從宋底謝靈運出；一是拘泥於對句古典的，從晉底傅咸，應璩等出；一是音調險急，雕藻淫豔的，從宋底鮑照出；然後說出他自己底意見道：

三體之外，請試妄談。若夫委自天機，參之史傳，應思悱來，勿先構聚；言尙易了，文憎過意；吐石含金，滋潤婉切；雜以風謠輕脣利吻；不雅不俗獨中胸懷。（南齊書文學傳後論）

推其旨意，歸着於（1）雖着重於天賦的性情，但不妨參用史傳；（2）待自然的情興底湧現，不預先構造；（3）言詞尙容易了解的；（4）憎惡那種文飾超過於意的文章；（5）音調應諧潤而婉切；（6）應摻和以風謠的氣味而使口調流暢；（7）不拘於雅又不傾於俗，總以中於我底胸懷的爲要，等這幾個意思。

由這看起來他主要好似興趣派，但在不妨參用史傳這一點又似古典派。以文飾比起來着重意思，和言詞底了解尙易也與古典派有相同的處所。說到口調音調縱不至於沈約等底嚴格，然至少也是與鍾嶸底意見是一樣的。所謂『不雅不俗，獨中胸懷；』這雖是他自己底覺悟從實驗上發見的意見但看作自然地歸着到向來諸家底折中說也是可以的。

以上敘蕭子顯之說。

此外在蕭繹（梁元帝，天監七年生承聖三年卒，五〇八至五五四）底金樓子裏把古之學者作爲「儒」與「文，」以爲『儒是夫子門徒，轉相師受，通聖人之經者。』『文是止於辭賦者。』把今之學者分爲四，在儒之外加入學，筆，文，三者。所謂「學」說是『博窮子史，但能識其事，不能其理者；』所謂「筆」說是『不便爲詩，善爲章奏者；』所謂「文」說是『吟詠風謠，流連哀思者。』他論四者底得失說道：

△「學」者（學字疑是儒字之誤）率多不便屬辭，守其章句，遲於適變，質於心用。

「學」者不能定禮樂之是非，辨經教之宗旨，徒能揚搉前言，抵掌多識，然而挹源知流，亦足可貴。

「筆」，退則非謂成編，進則不云取義，神其巧惠，筆端而已。

「文」者惟須綺縠紛披宮徵靡曼；脣吻遒會情靈搖蕩。

（金樓子立言篇下據百子全書本）

他對於儒者責其屬辭之拙，對於學者責其自己無見識，對於筆責其不云取義，對於文責其靡曼搖蕩；雖有求備於君子之嫌但推其眞意，實在好似以文質兼備爲目的的。他引王充底儒生，通人，文人，鴻儒之說而論到這個意思說道：『蓋儒生（能說一經者）轉通人，（博通今古者，）通人爲文人，（上書奏事者，）文人轉鴻儒。（能精思著文連綴文章者。）』轉於鴻儒說是文人不可不經的段階，愈可以看出他底以道德文章底兼具爲理想，他也可以說是執折衷主義的人了。

以上敍蕭繹。

總觀以上所叙述的齊梁文學取捨的標準，是在於輕豔，文質兼用，道德偏重，興趣，折衷等特質了。

（三）關於文體和修辭底方法說

在這里所謂文體，是指從文底形式上所區別的種類，例如詩，賦，贊，銘，等名目，而不是指從文底風趣上所見的諸形相的名目。文底形式上的命名起初好似是根本於實用上使用的便利而做的，往後雖到了稍稍想本着形式的時候，但還不免有從實用上命名的。倘求之於古代則尙書底典，謨，訓，誥，之類並非爲欲區別文底形式纔命名的，和詩經底風，雅，頌，之類也是不本於詩篇底形式而命名的。各各都只是因了實用上的目的而命名的罷了。在春秋時代，文雖多，但記事之外大概被稱爲「辭命之文」的也多是對答之辭。到了騷賦發生，纔比較向來所存在的文學其形式上有了顯著的差異。於是騷賦纔作爲獨立的稱呼。其後散文與韻文一起由於形式上的差異而命名的漸漸繁多起來了，這其間自然是發生了種種的命名的，但在什麼時候就不能得其詳細了。只是其後從漢以來可得而想像。前漢劉向父子校書而編爲七略，其中僅有『詩賦略，』向又以關於騷體的特別編爲『楚辭。』至於細目就不可知了。後漢班固所傳諸家雖有方法，但所述諸家底製作頗爲簡略。在漢書底董仲舒傳裏說『仲舒所著，皆明經術之意，及上疏條教，凡百二十三篇，而說春秋事，得失聞舉，「玉杯蕃露，」「淸明竹林」之屬，復數十篇，十餘萬言。皆傳於後世。』在東方朔傳裏錄客難與非有先生論而說『朔之文辭，此二篇最善。』並說『其餘有封泰山，責和氏璧，及皇太子生，禖，屛風，殿上柏柱，平樂觀賦，獵，八言七言上下。』稍爲詳細但沒有說到文體。范曄底後漢書在馮衍傳裏說『所著賦，誄，銘，說，問交，德誥，愼情，書記說，自序，官錄，說策，五十篇，』在崔駰傳裏說『所著詩，賦，銘，頌，書記表，七依，婚禮結言，達旨，酒警，合二十一篇，』在蔡邕傳裏列舉其著述的後面並說『所著詩，賦，碑，誄，銘，讚，連珠，弔，箴，論，議，獨斷，勸學，釋海，敘樂，女訓，篆勢，祝文，章表，書記，凡百四篇，傳於世。』范史底記載甚詳。這雖是由於這種的集類在當時完全存在，在另一方面也可以說是由於作家文體底命名發生得多的緣故罷。後漢以後，至於魏，晉，六朝，文體底名就愈加繁多了。

在梁蕭統底文選裏，把文體區別爲三十九種。一賦，二詩，三騷，四七，五詔，六册，七令，八敎，九文，（策問）十表，十一上書，十二啓，十三彈事，十四牋，十五奏記，十六書，十七移，十八檄，十九對問，二十設論，廿一辭，廿二序，廿三頌，廿四贊，廿五符命，廿六史論，廿七史述贊，廿八論，廿九連珠，三十箴，卅一銘，卅二誄，卅三哀文，卅四哀策，卅五碑文，卅六墓誌，卅七行狀，卅八弔文，卅九祭文等是。這等的命名倘從其實質上說想是可更爲簡約一點的。只是爲了實用上的便利，就發生了這樣多的名目出來。這種分類底當否暫不置論，總之到梁而發見了這許多種類的文學上的形體，是很可注意的事實了。蕭統底見解爲劉勰所影響的處所多。所以其次要敘一敘劉勰之說。

劉勰，字彥和，東莞，莒人，梁天監中，爲東宮通事舍人，又遷步兵校尉兼舍人，深爲蕭統所接近。他後來出家改名爲慧地。說是博通經論云。他在三十歲的時候夢見孔子，憂文體底解散遂著文心雕龍。其書還不爲時流所稱譽，乃候沈約於車前而獻給他，因而受其尊敬。在本書底時序篇裏有『皇齊』的文字，這書想是齊末所作成的。現存的雕龍有十卷五十篇。根據序志篇則說是有上篇下篇合爲四十九篇。但如果是序志篇沒有加入的，則現行本與原本無大差異。只是隱秀篇後人有議論。也許是原作缺少而後人補足的罷！勰之說可依據文心雕龍來敍述一下。

先舉出現行本底篇目如左：

卷一　原道　徵聖　宗經　正緯　辯騷

卷二　明詩　樂府　詮賦　頌贊　祝盟

卷三　銘箴　誄碑　哀弔　雜文　諧讔

卷四　史傳　諸子　論說　詔策　檄移

卷五　封禪　章表　奏啓　議對　書記

卷六　神思　體性　風骨　通變　定勢

卷七　情采　鎔裁　聲律　章句　麗辭

卷八　比興　夸飾　事類　練字　隱秀

卷九　指瑕　養氣　附會　總術　時序

卷十　物色　才略　知音　程器　序志

按以上從神思至程器二十四篇原本是屬於下篇的，序志一篇想是特別加進去的。

上篇二十五篇大概論文章底體裁，下篇二十四篇是論修辭底原理和方法，所以這書得分爲文體論與修辭說兩部分。

從上篇二十五篇的目錄看來，其區別文體底方法怎樣地與文選相近是很容易知道了。對於各種文體底說明不但太煩雜而且其很少必要所以把他省略了，今就主要的修辭說來述明如次。

劉勰稱夢見孔子就盡量地專奉孔子，說是『自生人以來，未有如夫子者也。』（序志篇）既推許六經底文章，又以爲文章貴依據經典爲本，徒事雕績其體遂失。他底著書底意見也就在這一點。他說：

文章之用，實經典枝條。五禮資之以成，六典因之致用；君臣所以炳煥，軍國所以昭明，詳其本源，莫非經典。而去聖久遠，文體解散；辭人愛奇，言貴浮詭，飾羽尙畫，文繡鞶帨；離本彌甚，將遂訛濫。蓋周書論辭，貴乎體要；尼父陳訓，惡乎異端；辭訓之異，宜體於要。於是搦筆和墨，乃始論文。（序志篇）

這也是他所以有原道，徵聖，宗經等篇的緣由。在原道裏說：

兩儀既生美，惟人參之。性靈所鍾是謂三才。爲五行之秀，實天地之心；心生而言立，言立而文明，自然之道也。（原道篇）

這就是說文從人心底自然而生的。他述易以後書，詩，等的文章，而稱揚孔子底六經。說是

道沿聖以垂文，聖因文而明道。（原道篇）

所謂日月星晨是天之文，山川動植是地之文，是向來中國人底口頭禪，流行於自然界的某種的秩序恰如文一般流行於人類中間的道也是發而爲文的，這種的說法，在我們已經聽熟了。這雖然不足爲奇，但總是超越了自然界與人類間的比論哲學的地撤去了天人底區別而斷定爲「道卽文」的了。勰雖然沒有明言「道卽文，」但察原道篇底語氣，殆不外這意思。

他殆是欲把文看作「道之表彰」的。所以不欲文與道相離，而厭惡浮詞空文，性情不實的作品。固然文未必應是道德的，但至少也不該是非道德的。他在徵聖篇

裏說：

志足而言文，情信而辭巧，乃含章之玉牒，秉文之金科矣。（徵聖）

在宗聖篇說：

文以行立，行以文傳；四教所先，符采相濟，（宗經）

這是以行與情志之信實爲第一，以文爲第二了。

在宗經篇並說了文能宗經的時候有六種的利益。

文能宗經，體有六義：一則情深而不詭，二則風清而不雜，三則事信而不誕，四則義直而不回，五則體約而不蕪，六則文麗而不淫。（宗經）

以不詭，不誕，不回，不淫爲貴卽是排斥非道德的了。

以上是說文與道德底關係的，是他底文底根本論。

已如前所說緫底修辭說是表現在神思以下的各篇裏的，其說底順序是先從我們底精神性格與文底關係起而次第及於文底構造，整頓等的方法。今暫依原書底次序而記出各篇底大要。

陸機曾說過依沈思以馭羣言，劉勰在其修辭說裏劈頭也說「神思。」此篇底要旨是說我們底思考力和想像力底神變不可測而脫離了時間空間底限制，雖萬里之廣，千載之遠，能立時來往接觸於眼前；並說空泛地逞其想像似乎易得妙文，然而若臨實境則難於見巧，縱令平生貯蓄了多少的才學但實際到了下筆的時候也須虛靜心神對於我底不可測的主宰盡其運用之妙纔可以的。他說：

意翻空而易奇，言徵實而難巧。

又說：

思理爲妙，神與物遊；神居胸臆，而志氣統其關鍵；物沿耳目，而辭令管其樞機，樞機方通，則物隱貌；關鍵將塞，則神有遯心。是以陶鈞文思，貴生虛靜；疏瀹五藏，澡雪精神，積學以儲寶，酌理以富才，研閱以窮照，馴致以懌（一作繹）辭。然後使玄解之宰，尋聲律而定墨；獨照之匠，闚意象而運斤。此蓋馭文之首術，謀篇之大端。

以及

意授於思，言授於意

的話，都是這種的意思。

其次體性篇是說文品與作者底性格底關係的。他主張宜應其性情而陶染練磨，使成儁才，並宜摹擬善良的文品以成習慣。因為性格也是因習慣底如何而變化的，所以欲使習慣成為良善，似是本篇底主旨了。如所謂

才有庸儁，氣有剛柔，學有深淺，習有雅鄭，並情性所鑠，陶染所凝。

這是說作者底性格的。又如所謂

典雅，遠奧，精約，顯附，繁縟，壯麗，新奇，輕靡，

等，是說明文章底八品的。（原文，——顯附者，辭直義暢，切理厭心者也。）

又知所謂

賈生俊發，故文潔而體淸；長卿傲誕，故理侈而辭溢；子雲沉寂，故志隱而味深。（賈生，卽賈誼，長卿卽司馬相如，子雲卽揚雄。）

是說性格影響及於文品底例子的。又如

才有天資，學愼始習；斲梓染絲，功在初化。

宜摹體以定習，因性以練才。

等語，都是說這等的性格與文品，是可依習慣而改善的，所以必須選擇文品以養成良習慣。

這是體性篇底大意。

其次是風骨篇。在這篇裏他說

結言端直，則文骨成焉，意氣駿爽，則文風淸（一作生）焉。

他是以結言端直爲骨，意氣駿爽爲風的了。所謂風骨似是說的「立言正而且有氣力。」在篇中稱司馬相如之賦而說「風力遒也，」和所引曹丕底「文以氣爲主」等足以推知其意。依他底意見則以爲無論文章怎樣地富於彩藻，但倘若風骨不備就無足觀，他把這與鳥相比，有彩而無力的好像雉，有力而無彩的好像鷹，彩與力兼有的猶如鳳凰。所謂

風骨之采，則鷙集乎翰林；采乏風骨，則雉竄文囿；唯藻耀而高翔，固文筆之鳴鳳也。

就是這篇的主要意思。

通變篇是說因時代底關係而文品有變遷，於其間應斟酌質文雅俗而就其善者；從實際說來就是不看重如宋（劉宋）的近代，也不要輕視漢代底製作。

定勢篇是說文宜因其體裁而異其修辭的方法的。例如章，表，奏，議，應典雅，賦，頌，歌，詩；應清，麗，符，檄，書，移，以明斷爲主，史，論，序，注，以覈要爲主，箴，銘；碑，誄，以宏深爲主，連珠，七，辭，以巧豔爲主等

是。並說奇正剛柔宜兼用。

以上神思以下是說關於修辭說底大體的。以下漸次說到修辭底細節了。

在情采篇裏是說以上的所謂文雖可文采兼用，但須先以性情爲本，然後才施以文采的。在這篇裏，把文采分爲三種：即以五色成的「形之文，」（文，是文彩的意思，）以五音成的「聲之文，」以五性成的「情之文」是。他以情爲本，說是「可爲情而造文，却不可爲文而造情，」是在情之中又洩出有合着理的口氣來了。這篇雖與風骨篇趣意相似，但風骨是說以氣力爲主的，這篇似是以普通所說的情爲主而立言的。

在鎔裁篇裏是說在情理方面不使矛盾，在文采方面不使冗複的。他述這篇的要旨是『隱括情理，矯柔文采也；』他說鎔裁底意義，是『規範本體謂之鎔；剪截浮詞謂之裁。』因此他又標所謂「三準」之說。第一是『設情以位體，』第二是『酌事以取類，』第三是『撮辭以舉要。』即是說定主意，引事例，簡約地使不失全篇底統一的意思。然後纔施修飾，或去重複，終以『繁而不可删，略而不可益』爲極致。

在聲律這一篇裏所說的，可以看作他在情采中所說的『聲之文』底注釋。他先說樂器與人聲底關係，所謂以人聲爲本的『器寫人聲，聲非學（當作效）器，』所謂『言語者，文章神明，樞機吐納，律呂脣吻而已，』是說言語的音樂的，把言語寫出來的文章底音調怎樣，以器樂底音調比較却被忽略，這是很可怪的了。次說所謂『聲有飛沉，響有雙疊，』（雙聲疊韵）是說不可專作偏於飛颺或沈斷的聲音，和應避忌在某種字句裏的雙聲疊韵的。他在這里說雙聲疊韵的疾病雖不詳細，然與沈約之說想不致大差異罷。他稱美音調得宜的文章說：『聲轉於吻，玲玲如振玉，辭靡於耳，纍纍如貫珠矣。』這就是他底理想中音調得宜的文章。

他以同種的音調底調和的叫做『韵，』以異種的音調底調和的名爲『和，』他對於在製作上利用這個的難易，說道：

聲畫妍蚩，寄在吟詠。吟詠滋味，流於字句。字句氣力，窮於和韻。異音相從謂之和；同聲相應謂之韵。韵氣一定，故餘聲易遣；和體抑揚，故遺響難契。屬筆易巧，選和至難；綴文難精，而作韵甚易。雖纖意（意一作毫）曲變，非可縷言，然振其大綱，不出茲論。

其論底大旨是就文筆而說的。依當時的說法，稱文章底有韻的叫做「文，」無韻的叫做「筆，」（見總術篇）依他底意見，則以爲無韵之「筆，」雖好似容易做，但要得到「和」的程度却甚難；有韻之「文，」雖似難做，但因爲「韵」有一定所以反到容易。按照這意思看，並非說在押韵的詩賦文章方面容易得其音聲底調諧，乃是說在不押韵的散文方面得到天然的音調的單在無一定的法則這一點已是很困難了。

在章句篇是說雖一字一句也不可任他放過，且全篇應以一義爲總的。他說：

夫人之立言，因字而生句，積句而成章，積章而成篇。篇之彪炳，章無疵也；章之明靡，句無玷也；句之淸英，字不妄也。振本而末從，知一而萬畢矣。

就是，這個意思。他其次又說到章，句和其自然的順序底不可失。

至論到句底字數，是述詩從二言起至七言的各種樣式的。他評論「筆」底句法說『四字密而不促，六字格而非緩；』和『或變之以三五，蓋應機之權節也。』按四六體的文章，是以四字和六字為主的句法而成立的，所謂『不促，』所謂『非緩』就是得其中庸的句法。在「筆」一方面，當時的文章，同樣以這種的句法為貴，但往往以三字五字等的句法而生出變化來的為得其妙。

在這篇裏又論到押韻之法。按照他底說法，所謂

兩韻輒易，則聲韻微躁；百句不遷，則脣吻告勞。

是說應折中地在適當的處所改韻纔可以的。

麗辭篇是論對句底法則的。 對句有四種：就是（1）言對，（2）事對，（3）正對，（4）反對。他說：『言對者，雙比空辭者也。』例如司馬相如底上林賦裏的

修容乎禮園

翙翙乎書圃

是。『事對者並舉人驗者也。』例如宋玉神女賦裏的

毛嬙鄣袂，不足程式；

西施掩面，比之無色；

是。『反對者理殊趣合者也。』例如王粲登樓賦裏的

鍾儀幽而楚奏

莊舄顯而越吟

是。『正對者事異義同者也。』例如張載七哀詩裏的

漢祖思枌榆

光武思白水

是。他又論到四種對句底難易優劣說

凡偶辭胸臆，言對所以爲易也；徵人之學，事對所以爲難也；幽顯同志，反

對所以爲優也；並貴共心，正對所以爲劣也。

他又揭載對句底病數條。按，他底對句之說雖有遺漏但這種學說底發端是很可注意的。

在比興篇是說明「比」與「興」底意義，舉出「比」底種類，結局說出「興」比「比」爲優，並以爲詩騷是兼「比興」的，漢以後賦頌發生，僅「比」盛行而「興」之義亡失了，所以漢劣於周。

在夸飾篇以爲如詩經一樣雖有夸大修飾的話但不害辭意還算可以；至宋玉景差以後過於夸大修飾逸去常理所以不可，但『使夸而有節，飾而不誣』纔可叫做美。按，他所說的是謂適度的夸大在實際上是很困難的。

事類篇可看做爲鎔裁篇底『酌事以取類』的細說。是引古人底成辭或者引古人底事迹以證明其論旨的。能作文章的必依據於才學，才是天所賦予，而學是因養而成的；如古言古事可依學而得，但其學不以徒博爲貴，應『總學在博，取事貴約；

棱練務精，捃理須覈』云云。

在練字篇主要是說字形底宜避忌的。據他底思想以爲文章在諷讀的時候雖貴音調，但作的時候應選擇字形。字形應避忌的有四種：一是『避詭異，』說『詭異者字體瓌怪者也。』例如曹攄底詩『豈不願斯遊，褊心惡㕵呶；』『㕵呶』兩字便是。二是『省聯邊，』說『聯邊者半字同文者也。』三接以上的就應該避。所謂『三接』是說同偏傍的字接續三個的意思。例如張載雜詩底『洪潦浩方割，』沈約和謝宣城詩底『別羽汎清源』之類是。三接以外，是指在同句內有四個同偏傍的字的，例如曹植雜詩底『綺縞何繽紛』和陸機日出東南隅行底『璚珮結瑤璠』等句是。（見黃叔琳注。）三是『權重出，』說『重出者同字相犯者也。』但在必要的文字時也不必避忌。四是『調單複，』說『單複者字形肥瘠者也。』是說應把字底肥瘠（多畫與少畫）適當地使用纔對。他說：

瘠字累句，則纖巧而行劣，肥字積文，則黯黕而篇闇。

就中國字形看來實有這種的感想。

隱秀篇文缺而不詳。指瑕篇是指摘古人文中字句不穩當的。養氣篇是說作文者須安泰心神平和意氣的。所以說『率志委和則理融而情暢。』他又論到作文時的態度說：

是以吐納文藝，務在節宣，淸和其心，調暢其氣，煩而卽捨，勿使壅滯；意得則舒懷以命筆，理伏則投筆以卷懷。

這是與神思篇虛靜之說互相發明的。附會篇是說明附辭會義的意思，所用言辭宜與文義相應使不失全篇底統一。這是與鎔裁篇底『撮辭以舉要，』章句篇底『章總一義』等說互相發明的。

總術一篇，論旨散漫不能詳其主旨底所在。時序一篇是敘從古代以來至蕭齊止歷代文運底升降的。物色是說四時底景物感動人心是不同的；說近代文學只傾於寫景物底形貌；他述寫景物之要說：

四時紛迴，而入興貴閒，物色雖繁，而析辭尚簡。

又說：

物色盡而情有餘者，曉會通也。

這就是以簡單的辭句，寫閒雅的興趣，且有餘情的爲其極致。這篇在文辭方面也屬最美麗的一篇。

才略篇是評論從虞夏以來至晉止的主要的文學者的。知音篇是說文士互相輕薄難知他人之長，尤其是在同時代的人爲甚。又說與自己底性格相應而嗜好有差別，喜歡近於自己的而棄絕相異的所以惟眞識者務博觀，纔能『平理若衡，照辭如鏡。』他又說在閱文的時候有「六觀。」所謂「六觀」就是位體，（主意和性情）置辭，（言詞底使用法）通變，（如在通變篇裏所說的文質雅俗得其適當的意思一樣，）奇正，事義，宮商（音調）是。程器是評論古來不護細行的文士，並述及著作底目的在『摛文必在緯軍國，負重必在任棟樑；窮則獨善以垂文，達則奉時以騁績。』這不外以文為實用的儒教底見解。最後的序志篇是憂文體底解散而述其作此書的意思的，已在前面說過了。

以上是雕龍下篇底梗概。總共說起來，除程器和序志是述著書的目的與自己底抱負，隱秀和總術底意義不明，時序，才略，知音多傾於歷史的評論外，其他都是說修辭底原由和方法的。倘求之前代他所論述，應有依據於晉底陸機底處所。在我底論陸機所記的十一個條之中，雖然所謂宜避掉闇合，是有劉勰所未曾說的；還有陸底不耽於不許他人所追隨的孤興，也不知道劉底意思是怎樣；但其他的諸條非盡是與劉之意背馳的，劉可說是很能補陸底不足了。

劉勰以為文章底上面宜兼事業，文人應修德行，是很了解儒教底精神的。傳說他為昭明太子所接近，他底文章底根本思想，實在有與太子契合的處所。他欲說修辭而及於『神思』『養氣，』可知他底用心之深，他以力為主，以性情為本，把文采放在第二位是很得當的。在鎔裁篇裏說到統一實是最必要的條件。所說『章句』

『聲律，』所說『對句，』『比興』『古言古事，』『字形』『物色』等在中國文學上可注意的點殆都論及了。縱然其詳細還有使後人討論的餘地，但不能不認定他底識見底卓越了。

以上是敘述齊梁時代，現在再敘到陳。

陳代文學原只是齊梁底餘派。競尙綺豔成了一般的風氣。徐陵因簡文帝底命令撰玉臺集在其序文裏曾說到豔詩底美。他底四六文也極綺麗。這是從他底父徐摛以來的風尙，實際也可說是陳代的模型。

陳後主也愛他底狎客江總等而喜如玉樹後庭花那樣的豔曲，由此可知他底嗜好。後主還是做太子的時候，在其與詹事江總書裏旣傷其管記陸瑜之死，且說：

吾監撫之暇，事隙之辰，頗用（用瑜等底文）譚笑，娛情琴樽。間作雅篇豔什，迭互鋒起。每淸風朗月，美景良辰，對羣山之參差，望巨波之滉瀁，或玩新花，時觀落葉，既聽春鳥，又聆秋雁，未嘗不促膝舉觴，連情發藻。且代琢

磨，間以嘲謔，俱怡耳目，並留情致。……（陳後主與詹事江總書）

由此更可知他是以文事供娛樂之用的。在這時候文學者都是從事於飲酒歌舞單把文學當作滿足感覺的工具的了。

第五章　北朝底文學論

以上所叙的是南朝底大略。現在要論到北朝了。

在北魏雖有其固有的歌辭表見於那時代，但關於文學上的議論不詳。在魏齊之間僅有魏收（武平三年卒，五七二）在魏書文苑傳序裏說過

夫文之爲用，其來日久，自昔聖達之作，賢哲之書，莫不統理成章，蘊氣標致。其流廣變，諸非一貫，文質推移與時俱化。

的話，和同時的邢劭在蕭仁祖集序（據嚴氏全齊文）裏說過

昔潘陸齊軌，不襲建安之風；顏謝同聲，遂革太原之氣；自漢逮晉，情賞猶

自不諧；江北江南，意製本應相詭。

的話，似雖承認了時代底推移，鑑賞底不一致，和南北風氣底差異，但沒有說明其詳細。

在北周文學原是尊重南朝底風氣的，南朝底文學者使於北朝的，至於不欲其還歸，可以察知其尊崇的程度了。與南朝底徐陵並稱的庾信，就是由南而北的人。信底文章雖有多少的氣力，然仍不免有南朝綺豔之風。然而其詩文總算是成了一代的風尚了。在這一點初唐人或者不滿足他，在令狐德棻等底周書裏曾說過『子山（信字）之文，發源於宋末，盛行於梁季；其體以淫放爲本，其詞以輕險爲宗，故能誇目侈於紅紫，蕩心逾於鄭衞。昔揚子雲有言：「詩人之賦麗以則，詞人之賦麗以淫。」若以庾氏方之，又詞賦之罪人也。』（庾信傳贊）的話。這雖以輕險，麗淫來誹議他，然而又說是『朝廷之人，閭閻之士，莫不忘味於遺韵，眩精於末光，猶丘陵之仰嵩岱，川流之宗溟渤也』（仝上）這很可以窺知當時底傾向了。

在齊隋之間有顏之推，（梁中大通三年生，隋開皇中卒）他曾有少許的文學論。在他所著的家訓裏散見了關於文字和音韵之說，其文章篇就是論文學的。這篇裏有文體底論說，也有歷代作者底評論；有詩人道德論也有作品的注意點。現在把認爲主要的學說的數項略述於下。

之推評揚雄答或問子好賦乎所說『然，童子雕蟲篆刻，壯夫不爲也』這語道：『古樂人周公孔子是注重詩的，雄底語氣把這都忽略了這是不可以的。』由此看來可知之推是很尊重詩的。

其次是他曾記載了齊辛毘底議論，所謂

文章當以理致爲心腎，氣調爲筋骨，事義爲皮膚，華麗爲冠冕。（辛毘所說）

他對於這種議論曾寄與以相當的同意。他接着述出自己底見解說：

今世相承，趨末棄本，率多浮豔，辭與理競，辭勝而理伏，事與才爭，事繁而才損。

又說：

古人之文，宏材逸氣，體度風格，去今實遠。但緝綴疏樸，未爲密緻耳。今世音律諧靡，章句偶對，諱避精詳，賢於往昔多矣。宜以古之製裁爲本，今之辭調爲末，並須兩存，不可偏棄也。

推這種的意思，他對於文學是欲理氣事義與華麗兼備，尊重古代的體格風度，同時欲并用近世所發達的音韻對偶等的方法，可說是極其穩當的意見了。

他曾引用沈約底三易之說。所謂三易就是『易見事，易識字，易讀誦。』他底愛平易的文字可知。

就詩而論，他所記的王籍底入若耶溪詩『蟬噪林逾靜，鳥鳴山更幽』之句，就是在江南所愛誦的；又籍嘗論詩述詩經底『蕭蕭馬鳴，悠悠旆旌。』把毛傳所謂『言不諠譁也』以爲是有情致的解釋，說籍底詩句，是從詩經毛傳之意而生的。他又錄有蕭愨底『芙蓉露下落，楊柳月中疎』之句，而說是『時人未之賞也，吾愛其蕭散，宛然在目。』都是極其通曉詩趣的話。

總觀他所論述，之推實是知道文學底可貴，理解詩中底意趣，而且是抱着有『理辭兼備，古今並用』的思想的，可說是在北朝有數的中庸論者。

現在要說到北朝底純文學排斥說了。

在南朝一般都愛好美文，但其中也有一，從實用上着想而排斥美文的如梁之裴子野其人，已在前面說過了。在北朝這種傾向更甚。

元來自晉底永嘉南渡以後，北方的文化，遷移到南方，依據豐饒而富於勝景的地域愈加進展，遂產生了南朝底文學，然而在北方因五胡底擾亂，關中，中原都化爲戎馬之場。本來質樸的北方因了這種事變，雖有所謂文學但以南朝比起來顯著地呈現一種落寞的狀態了。南人雖指北人爲『傖父，』怎樣地侮蔑，然而北人在文學上終不能不以南人爲師表；不，作爲師表還不足更至於羅致南人來利用他們。周底王褒庾信，齊隋底顏之推均是起初在南方做過官而後到北方去的。『在梁時，徐陵嘗使於魏，魏人宴陵，其日熱甚，魏底主客魏收嘲陵說：「今日之熱乃由徐君之來；」陵答道：「昔王肅至此，始爲魏制禮儀，今我來又使君知寒暑。」』（陳書徐陵傳大意。）這雖不過一則逸話，但南人對於北人的態度很可知道了。

南北文學底大勢，於唐底李延壽底論說裏可以見到。

永明天監之際，太和天保之間，洛陽江左，文雅尤盛；彼此好尙，雅有異同；江左宮商發越，貴於淸綺，河朔詞義貞剛，重乎氣質；氣質則理勝其詞；淸綺，則文過其意；理深者便於時用，文華者宜於詠歌。此其南北詞人得失之大較也。（北史文苑傳序。）

對於南的淸綺而有了北的質實，傾於理，趨於實用，實是當然的。在北朝這種傾向的極端，有二例。一是周時，一是隋時。

北周底宇文泰用有武功之人蘇綽而詢其經綸施設，又欲改文章浮華之風；西魏大統十一年（五四五）魏帝祭廟，因羣臣畢至，使綽所作『大誥』之文，和其命柱國（宇文泰）之文，其文都是模倣尚書的。從此以後文筆遂都依這種的體裁了。但是如在周書裏所說『綽之建言，務存質樸，遂糠粃魏晉，憲章虞夏，雖屬辭有師古之美，矯枉非適時之用，故莫能常行焉。』（周書王褒庾信傳贊，北史文苑傳序）以爲偏於尚古的文體不是常常可行的。由此很可窺北人底好尚了。

其次就是隋。隋文帝開皇四年（五八四）詔天下公私文翰都應實錄。其年九月，泗州刺史司馬幼之上書很華麗致被付有司治罪。因此一時文風大革；但不久就有犯法的，治書侍御史李諤卽上書請斥浮華之文。其要旨說是古來經書以道義勸懲爲主，然自魏之三祖以來，好雕蟲之小藝，至江左齊梁其弊彌甚云云。文中有一段說：

魏之三祖，更尚文辭。忽君人之大道，好雕蟲之小藝；下之從上，有同影彎；競騁文華，遂成風俗。江左齊梁，其弊彌甚。貴賤賢愚，唯務吟咏，遂復遺理存異，尋虛逐微；競一韵之奇，爭一字之巧。連篇累牘，不出月露之形；積案盈箱，唯是風雲之狀。世俗以此相高，朝廷據茲擢士。（中略）文筆日繁，其政日亂，良由棄大聖之軌模，構無用以為用也。

以政治底所以亂，都是學南朝底文學底結果。這元是以實用為主的議論，以為凡是在實用以外便不需要文學的。可說是把北人底志尙端直地說明白了。

同是在隋文帝底仁壽三年，（六〇三，）儒者王通（文中子，大業末年卒）獻太平十二策不被採用。他錄有續詩十卷三百六十篇，說是欲繼詩經之後的。其書如何雖不甚明瞭，但分為四名：一化，二政，三頌，四歎；說化是續大雅，政是續國風，頌是續殷周魯之頌，歎是續變風變雅的。並說在四名裏寓有美，勉，傷，惡，誡底五志。依據他底門人薛收所記，則他所說『詩者，民之情性也，』說是情性是常在的，所以詩也是常在；倘若無情性則可以說是職詩的人之罪。他述及人情，似是很知貴重詩的。但依收所記他底論詩是在於使『上明三綱，下達五常；』他論文也說是『，文者，苟作云乎哉，必也濟乎義。』那末，他底見解又是極其傾於教訓的，似乎以爲文學單是在於使人爲道德而作的了。他見門人李百藥倣效應劉沈謝，以四聲八病爲苦心之作，而說是不應該，那他也是以道義爲主，僅在與道德接觸這一點上承認了文學，又似乎是不欲許文學有獨立的領域的了。

第六章　總結

總觀以上所述，中國文學到了魏纔承認有獨立的地位，至晉之陸機其研究進了一步，到了南朝自宋以下發生各家底評論，在這時期，雖有時隱見文學無用說，但大概都以爲文學是有利的，至齊梁而其議論最爲精緻了。只可惜這種漸次進步的文學論，至齊梁而達於絕頂點，遂不能再進了，到了陳反到流於頹勢。在北朝呢，只有顏之推一人持中庸說，其餘都是在道德或政治上欲直接地利用文學的儒者一流底實用說，所以很可以看作爲一種排斥純文學的傾向。

在中國儒者與文人，道德與文學底對抗，歷代都是如此，以上所說的各時代也是那種普通的因習底反覆；部分的說，南朝在南朝內部有文質兩派底相爭，全體說來又與北朝相對而欲其質文相下的。然而偏文偏質是共同不免的弊病，在這時幸有隋出現，在政治上統一南北，同時在文學上也產生了一種文質相混合的風氣，其進展遂及於次代而產生了唐代燦燃的文學。這並沒有旁的緣故，只是由於很能融和了南朝底長所與北朝底長所罷了。

中國古代文藝論史　終

文藝論述之一

中國古代文藝論史 下

日本鈴木虎雄著
孫俍工譯

一九二九年 四月再版，二〇〇一——四〇〇〇本

中國古代文藝論史下册目次

論格調神韻性靈三詩說

中國古代文藝論史

中国古代文艺论史

中國古代文藝論史

論格調神韻性靈三詩說

緒言

在中國底詩史裏發見有所謂格調，神韻，性靈底詩說，詩派的，是從明之弘治正德頃始至清之康熙，乾隆嘉慶年間止，這時期元不是稀奇的問題。然此等詩說詩派，不獨流行中國本土，就是本邦（譯者案指日本）也順次傳來至今日猶不絕其消長之跡，或者將來亦然。因三者在中國所發生的諸詩派中占重要的地位，故從其發生以來至今日止關於這種的議論甚多。只惜其問題較陳舊，其各種主張還有不明白的。余輩不揣蒙昧姑就三派各家所主張以明其眞相。只恐怕取了說明的態度對着中國底詩說，未得立說者底原意而流於余輩底獨斷的解釋的多而已。

在本論裏分爲左之六章：

第一章　用語底意義及三說關係底大要

第二章　三說發生以前的詩說梗概

第三章　論格調之說

第四章　論神韻之說

第五章　論性靈之說

第六章　結論

茲順次說述於下。

第一章 用語底意義及三說關係底大要

格調，神韻，性靈等底名詞在中國是作爲普通語用的。及至以這名爲詩派雖不與普通語全然不同然稍有一種特別的意義，明白此種特別的意義則三詩派底意義也明白。今先把普通底意義與在特別的意義上的大體說明然後於各章說其各種的主張者之說。

所謂「格調」雖合成一詞但本來是「格」與「調」二字。「格」，普通的用語如骨格，體格之格最得其義。卽骨格是說以一節一節的骨頭組織成一種的構造而成爲一定的形體的。骨格似是就其組織之點說，體格却是就其成功的形體而說的。在詩（也可說是在文）集若干的文字而作成一句，因其文字底組織如何便生句格。又把這種句底若干組織而成爲一篇於是便生一篇之格。這樣做成功的詩篇又因各個人，且其個人雖是同一人而因其時期不同其格每不一樣。各個人底詩格雖有多少的差異但以之限於一定的時代看來在其時代也有一種共同的詩格的。在這種意義上的格有時與『體』這詞一樣使用。例如說漢魏之格（或體）齊梁之格（體）卽是以基於漢魏齊梁底時代底組織方法的詩篇爲意義，如說盛唐晚唐之格則也是看做在唐代底某時期有某種的共同組織方法，而以基於這種方法的詩篇爲意義的。如說陶淵明之體（或格）李白，杜甫，白居易之體或格是不外就個人而說的。

「格」也可說作『組織的樣式。』倘從外面看彼則是依據字音，倘從內面看時則是依據於詩意（卽詩人底旨趣）而成的。故格與意有密接的關係。後世聲音底規則一定了，從其規則的詩就叫做『律詩。』與律詩相對而不從其聲音底規則的詩有時就叫做『格詩。』（白氏文集有「格詩」卽這種意味底格詩，其中含古體，歌行，樂府；我弘法大師底文筆眼心抄稱「格」是以意爲主而得名，律是以聲爲主而得名爲最明確之說。清王漁洋誤解格詩爲律詩，曾爲趙執信在談龍錄中所譏笑。）與律詩相對的格詩同於與近體詩相對的古體詩。在這種意義上的格是頗含着廣的意義的。

「調」是音調。從文字成功爲句的時候，應有一句的音調，從句成功一篇的時候，應有一篇的音調。格與調雖本爲二然在一定的詩格裏必伴隨一定的音調，二者有不可相離的關係。依漢魏之格的詩自應有漢魏之調，依唐宋之格的詩自應有唐宋之調這是不待說的。恰與用萬葉集底歌調則生萬葉調，用古今集底歌調則生古今調同樣。因其有不可離的關係故把格與調連稱爲『格調』，這是格調底普通意義。

至標榜格調而用於特別的意義者，却不是漠然說的格調。如果依上述的格調底普通意義則有詩之處都有格調。無論其格怎樣地不整，其調怎樣地卑鄙，然只要是詩卻於其中含着其詩底格與調的。標榜者底所謂格調並不是說如這樣的，却是舉上下數千年間而就其特別的時代特別的人可爲標準的格調。（如曰漢魏，曰盛唐是其在格調上最可爲法而作爲標榜的）是特別的意義。

「神韻」二字，普通的語義是說風神餘韻。淸翁方綱所說的神韻者非風致情韻之謂也（復初齋文集卷三拗堂詩集序）雖是就神韻底特別意義而正其誤解，但於其中已示普通把神韵解釋作風致情韻的人底多了。普通此種解釋固無妨。余以爲風神，餘韻也與所謂風致情韻近。風神是就人品而說的。是對其人底形貌之詞。假令依其人底形體擧止其人品如陽炎一樣上昇則其如陽炎卽是風神。而神含有引伸的意義。其陽炎不卽消散嫋嫋如柳絲底飄搖，爲香煙之無端。又今於此考擊有名的鐘磬，其金石之餘音，攸然遠引，嫋嫋不絕。這卽是韵。談某種的詩底時候，其趣味雋永不盡，其風神餘韻使人如悅如惚。質言之，神韵是基於人品音響等而生的，以這語借用於詩不外指某種詩味底雋永 ， 神韻二字這種普通的語義是屢屢經人使用的。然以之用於某詩派底特別的意義時就稍生出限制的意義。其果『非風致情韻之謂也』與否雖是別一問題但總似非止於普通語底意義。這亦如在那格調的時境一樣是指定某種特別的時代與特別的人凡是神韵是以如此如此做爲標準的。領會那所謂格調實爲至難。然格調猶是稍近於外部的形體。至神韵是從其形體而上昇的陽炎之類故領會彼却更難。詩派底實際，神韻與格調好似沒有關係，好似是互相反對阻碍的，但二者底性質却本來不是這樣。作爲格調派底標準所揭示的格調雖非全部是發生神韵的然欲得神韵則得之在適當的格調上可製成詩章。不論怎樣的格調沒有選擇就採用不能得到如意的神韵的。故二派在本來的性質上是不相扞格的。

「性靈」普通的意義卽是心。與性情，精神等無大差。南朝齊劉勰所說的『綜述「性靈」敷寫器象』（文心雕龍卷七情采篇）是使器象與性靈相對，如對於物的心一樣。添一靈字則有靈妙的作用。唐之元稹底『習慣「性靈」遂成病蔽』（元氏長慶集卷三十叙詩寄樂天書）於靈字也是不會特別看作有意義的。故這也是至被標榜名爲詩派纔被用爲『性情靈妙的作用，』這意義，其在所謂靈妙之點，遂生出某種限制。卽是倘若漠然說靈妙則格調底好的可稱靈妙，神韻底好的亦可稱靈妙。然而對於做爲那兩派底標準的，並不滿足而特別說作靈妙。把那以其派底標榜者底特點爲靈妙的處所爲靈妙，究非一般的所謂靈妙。這派對於其他二派實占獨立的領域，不近於神韵，也不近於格調。與格調，神韵二派有時雖有一致之處却是完全立於不同的關係的。

第二章　三說發生以前的詩說梗概

格調，神韻，性靈底詩說詩派底發生很可證明詩底鑑賞已到了極其精徵的處所了。如這樣的精徵的說底發生自非一朝一夕，必有所由來。故關於各說有關係的其前代底系統雖應在關係條下說去，先於此敍述諸說發生的大體底經路，也許不是無益之業罷。

上古暫置不論，至孔子編纂殷周之詩始談詩事。孔子底評詩說『思無邪，』說『溫柔敦厚，』誠是名言，然孔子所編纂是出於怎樣的目的呢，觀其論詩說『可以興，可以觀，可以羣，可以怨』，興，羣，怨可認爲是詩之不能已於人情者，所謂觀據鄭玄說是在於觀風俗底盛衰，則孔子底看詩是很實際的了。至於『邇之事父，遠之事君』最是孔子式的。雖有『多識於鳥獸草木之名』一語這可說是附帶的。孔子又說『誦詩三百，授之以政，不達，使於四方，不能專對，雖多亦奚以爲。』以視『興於詩，立於禮，成於樂』之語孔子似是把詩看作學問頭上的第一步，進而作爲政禮底段階底必要的工具了。孔子底看詩縱令不至於如後世講理氣心性的某種人以之作爲詞章來排斥的極端，然恐怕也是不能不立於周天子底『五年一巡狩，覲諸侯，命大師，陳詩以觀民風』（禮記五制）底範圍外面的了。觀孔子對於其門人許以『始可與言詩』的精神與詩底解釋流而生出子夏之儒的精神的時候孔子底對於詩的態度殆不難察知了。故余以爲孔子實是爲了實際上的目的而編詩，决不是爲的文學。孟子說『頌其詩，讀其書不知其人可乎，是以論其世也』是說讀著作物以知道其時世底必要的名言，但孟子却是依據于古來所傳的文學以供給知道其時代的材料的。孟子底口頭禪常引用詩與書很可以證明。質言之，他是止于使用詩以代替歷史。爲詩底趣味在他眼中是沒有什麽的。孔孟且然，酌其流派的何嘗以詩看成文學呢？漢代雖有詩賦底發生，但知其可尊重的人少。自己從事于此的猶且輕之，何况他人！武帝以司馬遷底雄傑猶稱其以優倡畜之，至于其他文士，可以知其不被尊重了。後漢雖有作者，如班固傅毅之徒亦僅以翰墨媚權貴實不知文章底可貴。自周及兩漢蓋還不見有文學上的自覺的人。

至魏始有文學上的自覺。文學離了實行之學而承認其自身也有價値了。魏之「文帝」（曹丕）說『文章經國之大業，不朽之盛事；年壽有時而盡，榮樂止于其身，二者必至之常期未若文章之無窮』（典論）已承認了文章底永久的力了。曹丕之弟「曹植」五言詩是建安時代之雄，亦長于辭賦。而說『辭賦小道，未足以揄揚大義，彰示來世，……吾雖德薄位爲藩候，猶庶幾戮力上國，流惠下民，建永世之業，流金石之功，豈徒以翰墨爲勳績，辭賦爲君子哉？』（與楊德祖書）是說功業比文章重而與丕相反。雖然這是植欲效身于社稷有激而發的，他底本心說是欲捨賦詩實是不自量之言。丕植二人常聘優秀的文士互相競爭。而評論同時的文學者亦以二人爲盛。二人實是知道文學底當尊重的了。入「晉」，李充底翰林，摯虞底流別，評論愈加流行，經宋，齊，梁而達于最隆盛之域。昔人說：漢魏古詩，氣象混沌，難以句摘，晉以還，方有佳句。如陶淵明之採菊東籬下，悠然見南山，謝靈運之池塘生春草之類；（宋嚴羽滄浪詩話詩評篇。）其氣象渾然，在全局之中有無限的情趣是古代詩底長所。至於佳句底可摘而全局底情趣被忽略，詩人底注意專傾於造句之上，這或有弊，然從技巧看的時候，製造佳句寧爲急務。在詩底變遷史裏全局底情趣或至失却，而句却佳，且往往有向着以佳爲急務而進行的。齊梁就是取了這種趨勢的。齊梁是六朝時代底轉換期。從宋之范曄，謝莊至齊之謝朓，王融，經從齊渡梁的周顒沈約，音韵之說而用于詩賦文章。在詩後世特別說作齊梁格新體詩，就是音韻說底結果。這種波動及唐初之神龍，景雲時代至盛唐底開元，天寶而達于最高潮。齊梁之文學這樣聲韻上的過失遂少，而儘力向着逞其技巧的方向進行了。這時文學全如繪畫一樣，是一種技術。既成爲技術而趨向技巧不知所底止，則喜弄文墨的人遂流於綺靡妖豔，蕩於淫思了。梁代「選集」之與對於文學判斷漸密。彼此之間嗜好相異。蕭綱(簡文帝)好豔詩使徐摛，徐陵等編纂玉台集，蕭統(昭明太子)主文質彙備以編文選。關於玉台豔詩底綺羅脂粉的文字其最麗靡的，徐陵底玉台集序盡之矣。蕭綱嫌棄質直，其詆當時底文體說『既殊比興，正背風騷；』又說『若夫六典三禮所施同有地，吉凶嘉賓，用之則有所，未聞吟咏性情反擬內則之篇，操筆守志，更摹酒誥之作，遲遲春日，翻學歸藏，湛湛江水遂同大傳』(與湘東王書)很可以知道了。這是寫那文學底製作有似經義的。當時所謂『儒』實是鄙野之別名。詩賦文章今有獨立的領域，宜訴慾於奔情緒感與漸漸承認不是道德政治底附屬物。在梁武帝天監末頭所成功的鍾嶸底詩品裏說：『夫屬詞比事，乃爲通談；若乃經國文符，應資博古，撰德駁奏，宜窮往烈。至於吟咏性情亦何貴用事，思君爲流水既是即目，高台多悲風亦唯所見；清晨登隴首，羌無故實；明月照積雪，詎出經史？觀古今之勝語多非補綴，皆由直尋』(詩品中)即說詩不是補綴古語底零片而成的却是作者把直接經驗所尋得的妙境發而爲勝語的。物識臭，故實臭，經史臭都不是詩，詩是別有天地的。嶸之意蓋如此。後世『詩有別材，非關書也』之說，就出於此。蕭統爲編纂詩賦文章的元祖始把純文學與實用的文字區別。在他底文選序裏曾說不採經書底文，又不採老，莊，管，孟諸子之文，以爲此等之文是『以立意爲宗，不以能文爲本』故略之。但是他也不是單趨於文華底一途的，實是以文質彬彬爲理想，他說：『夫文典則累野，麗則傷浮；能麗而不浮典而不野，文質彬彬，有君子之致，吾嘗欲爲之，但恨未逮耳』（答湘東王求文集及詩苑英華書）據此語很可以明白他底主張了。

在這時期對於他人底製作底評論亦盛行，其評論的方法亦極其是文學的。從齊到梁，劉勰著文心雕龍闡發中國文學修辭上的祕奧，其文體是用四六儷駢體的形式的。評者底評作者具有的詩趣與不用抽象的文字而用比喻的美文從晉宋以來都很流行，在梁亦盛。晉李充底評潘岳說：『翩翩然如翔禽之有羽毛，衣服之有綃縠』，同棵謝混評潘岳陸機說：『潘詩爛若舒錦，無處不佳，陸文如披沙簡金，往往見寶；』（鍾嶸詩品上引之，在世說裏做爲孫綽底話；）宋湯惠林底評謝靈運，顏延之說：『謝詩如芙蓉出水，顏爲錯彩鏤金，』（鍾嶸詩品中；）顏延之嘗問自己與謝靈運底優劣於鮑昭，鮑昭說：『謝五言如初發芙蓉，自然可愛，君詩若鋪錦列繡，亦雕繢滿眼；』（南史傳三十四顏延之傳；）梁鍾嶸底評范雲及丘遲說：『范詩清便宛轉如流風迴雪，丘詩點綴暎媚，似落花依草：』讀這等的評語的時候作者底詩品隱約之間可以得了。有詩趣者以抽象的言辭難以傳達。故這種比喩的文字多被用爲傳詩品的最便利的具體的方法。我紀貫之底評歌趣，說『小野小野似美女底嬝娜，大友黑主如負薪山人底休息於花蔭；』（古今和歌集序；）慶滋保胤答具平親王之問，以評當世的文人，說是大江匡衡如銳卒數百，擐犀甲，策駿馬，而過淡津之濱，其鋒森然，少敢當者；紀齊名如雪朝坐瑤臺而彈琴；大江以言如白沙庭前，翠松陰下，奏陵王舞，（依大日本史與著聞集卷四文學部底原文小異，）之類其方法互相類似。在中國這種方法到了宋元明猶盛用於評詞曲。

唐代為詩底最盛時期。一切的學者殆都是詩人。他們榮辱於詩，生死於詩。惟此時論詩的比較地不盛。語曰：言者不知，知者不言，唐人或是屬於後者。但知而且言者不是絕無，閱唐人撰成的集序及論文之語可知就是唐人也非不談詩文了。且詩底選集亦出於盛唐以後。選集有單依據於選者底嗜好的，有基於選者底一定的標準的，有或者參酌異種底標準及嗜好而顧及於廣的範圍的，唐代底選集今日吾人不能就其許多的材料而拔其粹僅止於就那有限的狹小的材料而集其選者底嗜好。概為玉石雜陳之狀決不能說是佳選。說到詩法及詩格者有數種。這等的選集及詩法因書可直唐人關於詩趣的意見，雖不免輕卒也足供一部分底參攷，但無可特筆的是其缺憾。

唐時代詩星輩出，詩形詩趣極其多樣。齊梁音韻說底影響在齊梁就產生了新體詩，其運動繼續至初唐底神龍景雲年間而完成「律詩」。同時「絕句」也成功了。五言七言的律詩絕句在字數，句數，平仄，押韻有一定的規則，不許超越。從這種法則的就叫做「近體詩」（今體詩。）有了近體詩底名對於此而把不按着這種法則的叫做「古體詩」這是自然之義了。詩區別爲古今之名是以律詩爲標準的，唐代對於可在于古體近體之間的詩體更有「歌行體」（通例是說七言古詩）稱爲詩的一切的形式盡于唐之世，爾後至今日止在詩裏沒有發生新的體裁。依據這種詩形所表現的詩趣亦非常複雜。詩趣如詩形一樣雖難說至唐而盡但各個作者却都是向着各自底最好的前進的。而網羅衆長的是沈鬱的杜甫與飄逸的李白。在唐代把杜甫極力推獎的是白居易之友元稹，其以李杜並稱的是韓愈。經元韓二子而李杜底詩價遂定了。在盛唐又有王維，孟浩然，得冲澹自然的詩趣，於李杜以外樹一旗幟。王維與杜甫有交，孟浩然並交李杜，皆互相推稱。王官杜亦官，至孟以一布衣而得李杜底推敬，詩品之高固有由也。中唐有韋應物柳宗元亦繼王孟之詩流。柳雖非韋之敵，然淸峭自成一格。一方是李杜，一方是王孟韋柳，這是後來格調，神韻二說所發生的在唐代的根本事實。這種事實先有其事實底意義，至後代始被解釋的。白居易推杜甫亦推韋應物，嘗評韋之五言詩說：『高雅閒澹，自成一家之體。（白居易與元九書。）自是以後論柳者或失之高，或失之卑然對於其他諸家底議論殆可謂一定不易了。

在這里有一唐代詩論底代表者不可不記的，就是司空圖。圖是唐末文章氣節之士。他對于詩有一種比較公平的意見，且詩趣論得精微。嘗通論唐之詩人說：『國初主上好文雅，風流特盛，陳杜（陳子昂，杜審言）濫觴之餘，沈宋（沈佺期，宋之問）始與之後，傑出江寧（王昌齡）弘思于李杜極矣。右丞（王維）蘇州（韋應物）趣味澄敻，若清流之貫達；（或作若清風之出岫；）至大曆十數公（說盧綸錢起等十才子）抑又其次。元白（元稹，白居易）力勍而氣孱，乃都市豪估耳。劉公夢得，楊公巨源亦各有勝會。閬仙（賈島）東野（孟郊）劉得仁輩（晚唐詩家）時得佳致，亦得滌煩。厥後所聞，徒褊淺耳。』（司空圖與王駕評詩書。）僅僅數十言中論唐詩很中肯綮可見其詩眼底卓越。又在與李山論詩書之中論到王維韋應物說：『王右丞，韋蘇州澄淡精緻格在其中，豈妨於遒擧哉！』非深知詩者不能辨也。

關於詩趣司空圖有二十四品之著作。爲詩境詩趣立雄渾，冲澹，纖穠，沈着，高古，典雅，洗鍊，勁健，綺麗，自然，含蓄，豪放，精神，縝密，疏野，淸奇，委曲，實境，悲慨，形容，超詣，飄逸，曠達，流動等二十四品目，各以四言韻語記之。這中論冲澹，自然，淸奇，含蓄，纖穠，等最爲後來神韻說所宗。玆錄五者底全文於次。

冲　澹

素處以默，妙機其微；飮之太和，獨鶴與飛；猶之惠風，荏苒在衣，閱音修篁，美曰載歸；遇之匪深，卽之愈稀；脫有形似，握手已違。

自　然

俯拾卽是，不取諸隣；俱適道往，着手成春；如逢花開，如瞻歲新；眞與不奪，強得易貧；幽人空山，過雨采蘋；薄言情悟，悠悠天鈞。

清奇

娟娟羣松，下有漪流；晴雪滿汀，隔溪漁舟；可人如玉，步屧尋幽；載瞻載止，空碧悠悠；神出古異，淡不可收；如月之曙，如氣之秋。

含蓄

不著一字，盡得風流；語不涉己，若不堪憂；是有眞宰，與之沈浮；如淥滿酒，花時返秋；悠悠空塵，忽忽海鷗；淺深聚散，萬取一收。

纖穠

采采流水，蓬蓬遠春；窈窕深谷，時見美人；碧桃滿樹，風日水濱；柳陰路曲，流鶯比隣；乘之愈往，識之愈眞；如將不盡，與古爲新。

詩境既超妙，立言古奧，不外以比喻形容詩境。立言之體實與所謂如芙蓉出水，所謂如美女底嬝娜，相等。抽象的底言辭或依據理論很難求趣味，故用這種的方法。（英人查爾士在其所著中國文學史中譯載司空圖底詩品，以之爲哲學的詩篇，說是表現一種純粹的道教思想，在表面上是從一種無聯絡的二十四詩節而成的，這實是出於誤解。）二十四目之中在指定的題目與本文底境涯與吾人所想的雖有不一致的處所，然在大體却是不得不爾。又圖在與李山論詩的書中所舉他自己底詩底佳句而見其得意之處，則所謂佳句也有難於承認的。其以某種的句爲佳句，論其詩眼如何，雖不是無可插疑，但由來向着自己底作句有判斷之誤却不稀罕，是猶可恕。總之，在關於詩境的議論，以圖爲頗入於玄妙之域是可斷言的了。

至宋始流行晚唐李商隱底典贍的詩風，歐陽修出而古文學韓愈同時詩也汲取韓。韓之詩是說明的，不訴之於情而訴於智的，不免所謂『以文爲詩』（見後山詩話）之誹。元來韓也有幾分的長所，但歐陽修却把韓之長所短所一起承繼了。由此至蘇軾黃庭堅而大成北宋之詩。歐陽修作詩話司馬光續之，宋人底詩話從此盛，遂至使後人發詩話起而詩亡之歎。南宋紹興年中有呂本中，曾崇黃山谷作江西宗派圖，以山谷（江西人）爲祖把陳師道以下二十四人列於其下。宋人之詩分門戶自此始。把詩人底編成號次未必待呂本中。魏晉之際，如典論的文學評論底發生已是編號之始了。梁鍾嶸底詩品卽其編號的顯著者。稱爲晚唐張爲所撰主客圖也這一類的著作。把詩人編成號次是好的，要存於其評價底得當與否。由來宋人自北宋以來就有朋黨之癖，王安石底新法所鬧的黨爭，在理學方面的程子等與蘇氏底蜀洛底黨爭等，都是很紛亂的。至於在詩話裏也有所謂安石之黨，蘇黃之黨等眞堪噴飯哩。呂本中之徒標出江西底詩派以與汲收李商隱的『西崑詩派』相對立寧說是可慶的事。在南宋於作詩一面「西崑派」「江西派」而外更有「晚唐派。」這是汲晚唐底賈島姚合底詩流的人而屬於在紹興嘉定之際的四靈，江湖底詩派。在南宋雖有尤（袤）楊（萬里）范（成大）陸（游）諸家，但晚唐之潮流甚盛。當這種雜亂之際關於詩而有特見的是朱熹與嚴羽。（朱子之說現在無關故從省。）嚴羽著滄浪詩話。羽之目的固在闢江西，四靈之派。其言實與後面格調，神韻二派所言有關。今錄其有關係的於次。

曰：詩之道在妙悟：

大抵禪道惟在妙悟，詩道亦在妙悟。且孟襄陽（浩然）學力下韓退之遠甚，而其詩獨出退之之上，一味妙悟而已。惟悟乃為當行，乃為本色。

曰：詩之法有五：

詩之法有五：曰體製，曰格力，曰氣象，曰興趣，曰音節。

（體製，格力，氣象，興趣，音節皆是格調說底本源，而氣象興趣神韻說尤其置重。）

曰：妙不關於學理，（但並非廢學問窮理，）

夫詩有別材，非關書也；詩有別趣，非關理也；就非多讀書多窮理，則不能極其至，所謂不涉理路不落言筌者上也。

曰：重興趣：

詩者吟咏情性也。盛唐諸人惟在興趣，羚羊挂角，無跡可求，故其妙處，透澈玲瓏，不可湊泊，如空中之音，相中之色，水中之月，鏡中之象，言有盡而意無窮。

曰：詞理意興，

詩有詞，理，意，興，南朝人尙詞而病於理，本朝（宋）人尙理而病於意興，唐人尙意興而理在其中漢魏之詩，詞理意興無跡可求。

（推崇漢魏盛唐之說亦寓於此。）

嚴羽底以詩吟咏性情，以興趣爲主雖與鍾嶸司空圖之說合，但其特別是說出妙悟，標出漢魏盛唐是其特異之點。還有他說『詩之品有九：曰高，曰古，曰深，曰遠，曰長，曰雄渾，曰飄逸，曰悲壯，曰淒婉；』又說，『其用工有三：曰起結，曰句法，曰字眼，』又說，『其大概有二：曰優遊不迫，曰沈着痛快，』又說，『詩之極致有一，曰入神，詩而入神，至矣盡矣，蔑以加矣，惟李杜得之，他人得之蓋寡也。』這中的一部分影響於格調說，一部分影響於神韻說是無疑的。

這里應順便提及的就是比嚴羽稍後，有「周弼」所編的三體唐詩，是為晚唐派而設標準的。元之「方回」底瀛奎律髓是為江西派發出而兼晚唐的。但都不外管中窺天。

在北方中原於金元之際，有一「元好問」（遺山。）他是一代的作家，同時又具詩眼。讀他底論詩絕句三十首，在魏推曹（植）劉（楨）阮籍，在晉推劉琨陶潛，在尚自然舉劉宋底謝靈運與唐之柳宗元，至唐推陳子昂，李白，杜甫，韓愈。『詩家總愛西崑好，獨恨無人作鄭箋』是不足於西崑派的。『只知詩到蘇黃盡，滄海橫流卻是誰』之語似對於東坡山谷之流徒有微言，『論詩甯下涪翁（即山谷）拜，未作江西社裏人』是其不滿於江西派底處所。對於晚唐派無所言，但觀以上諸說可以推知他對於晚唐的態度了。

清沈德潛說；宋詩近於腐，元詩近於纖，明詩是其復古。（明詩別裁序。）眞地，詩是盛於唐但於宋弱于元。至明而復興。在明初作家有劉基高啓之徒，劉基底古體底高古甚特別，高啓長于諸體但一格也不能秀拔。這時詩論底先聲是從閩中起的。福清底「林鴻」唱詩可據盛唐之說。「高棅」奉其說而選唐詩品彙。此書在體裁上雖取則于元楊伯謙底唐音但品題底標準是本于林鴻之說的。唐詩底地位于是確定而成爲館閣之所宗了。永樂，宣德，正統之間有三楊（楊士奇，楊榮，楊溥）底台閣體，詩風傾于典贍；至天順，成化弘治李東陽（西涯）出而詩風一變。從明初至此流行的詩風不是中唐宋元卽是西崐，東陽矯之便與雄傑之風。看他所著懷麓堂詩話在詩論是贊成宋嚴羽之說的。且推稱唐之李杜，同時亦不排斥元白對於王，孟，韋，柳之詩也尊尙，故其詩趣稍廣。他對于古詩長短不定之句覺着自有音節底存在，說是此種音節蹤不能容易領會。然往復諷詠古人所作，久之一有所得而發于聲則雖千變萬化如珠之走盤自不越法度之外矣。初學雖不能到此，則不可與言詩。（懷麓堂詩話）他自己于此似有所得，好取歷史上的事實以長短句詠之，稱爲古樂府。王世貞誹之，以爲這是『史斷耳，』然經東陽底細愼的注意而成就。又東陽底古樂府或者應誹，至于他底歌行實備老杜底風神。他又說：『今之歌詩者其聲調有輕重，淸濁，長短，高下，緩急之異，歌之者不問而知其爲吳爲越也。漢以上古詩弗論，所謂律者不獨字數之同，而凡聲之平仄亦無不同也。然其調之爲唐爲宋爲元者亦較然明甚。此其故何耶？大匠能與人以規矩，不能使人巧，律者規矩之謂，而其爲調則有巧存爲。苟非心領神會自有所得，雖日耳提而敎之無益也。』（懷麓堂詩話）這是關于詩律的聲調之說。自然也可以推而當于近體一般成律則平仄押韻就一定了。然而其聲調發生唐，宋，元等底不同的，是怎樣，大概是由于帶有其時代的聲調罷。東陽謂這種聲調，僅可神會自得不可傳于他人。雖可謂精微之論，但東陽說『其故何也？』又說難于說出理由，理由誠難說而事實正如是。所謂『有巧存焉』之巧是關于聲調的詩人底領會的管鍵。東陽實握住了。至東陽而議論與實際殆成平行駸駸乎趨向盛唐了。

這時，他底門下李夢陽何景明出，在論詩在作詩都是百尺竿頭，更進一步。而『格』『調』之說就由李何唱出。

第三章　論格調之說

嚴羽說格力音節，李東陽說如珠之走盤的古詩底聲調及可說是神會自得的近體底聲調等說，至明之弘治正德之際因李夢陽何景明而益發揮。

格調元不外普通的用語，故關于詩雖說宜重格調並不特別惹人注意。然及格調之說被標榜，而使一時驚倒的是由于其說過于高尙與其時代底一般殆把格調忘記了。對于追逐晚唐西崑或宋元底餘流的邊談漢魏，大聲不入于俚耳固其所也。匠人不爲拙技者廢準繩，議論應高尙，旗幟應鮮明，不必問流俗之我追縱而來與否。李何底唱出格調其心事或許應如此罷！

一，李夢陽之說

李夢陽底論文先說道。他說『道，自道者也；有所爲者非也。』（夢揚道錄序。）他以道爲人底究竟目的，見道甚深。文卽以此道爲根柢然後發的。故曰：『古之文以行，今之文以葩；葩爲詞腴，行爲道華。』（夢陽文箴。）卽是有行文本之始能做成眞的文字。故又說：『文猶不能爲，而矧能道之爲？』（夢陽駁何氏論文書。）論文則及于道故厭虛飾浮華，惡沒有事實與旨趣的，此種議論遂成了文必秦漢之說。他說漢賈誼之文，『漢興，誼文最高古；』（夢陽刻賈子序；）又說『西京之後，作者勿聞矣；』（夢陽論學上篇第五）又論古文至宋儒而廢道：『宋儒興而古之文廢矣。……古之文文其人，如其人便了；……而今之文文其人，無美惡皆欲合道傳志，是故考實則無人，抽華則無文。故曰，宋儒興古之文廢。』（夢陽論學上篇第五。）這是，宋儒雖談理，以其文之僞多而排斥之。

夢陽在文既持着這樣的見解。在詩其說亦愼重。他先認定詩文決非末技。以詩文爲詞章之學爲玩物喪志而排斥的是宋儒以後理學者底通義。夢陽不然，其言曰：『小子何莫學夫詩，孔子非不貴詩；言之不文，行而弗遠，孔子非不貴文；乃後世謂文詩爲末技何歟？豈今之文非古之文，今之詩非古之詩歟？』（論學下第六）是他對於文的見解原與宋儒不同。

夢陽論「詩之根源」說『夫人動之志必著之言，言斯聲，聲斯永，永斯律，律和而應，聲永而節，言弗睽志，發之以章，而後詩生焉，故詩者非徒言者也。』（夢陽林公詩序。）他又說是外物來則振心而動情，情動而爲音，其音見於外部就爲詩故『詩者吟之章而情之自鳴者也。』（夢陽鳴春集序。）就是此意。物與情之契合成爲音（吟或詩）而表現的他嘗借梅與日月風雲雪等說之。『雪益之色，動色則雪；風闡之香，動香則風；日助之顏，動顏則益；雲增之韻，動韻則雲；月與之神，動神則月；故遇者物也，動者情也，情動則會，心會則契，神契則音，所謂隨遇而發者也。（夢陽梅月先生詩序。）這與『竅遇則聲，情遇則吟，』（鳴春集序）之『吟』同樣，所謂情底事實是說得聲而發爲詩的。

『詩是情之自鳴者也。』表現民情底自然的叫做『風』，察風行政，因政成俗。良俗成則於此有良詩，曰：『民詩，采以察俗，士詩，采以察政，二者途殊而歸同矣。故有政斯有俗，有俗斯有風。』（夢陽觀風河洛序。）然又反對說，『風』（詩）能化人心，性情，風俗，政治卻因『風』（詩）而被影響。於是先生知風之神，陳詩以觀之，察政俗性情而後化可行。（觀風亭記大意。）這樣看來，可知夢陽是以詩做爲教化底手段。但他還不以之做爲教化底直接的手段，也不是因詩以講道德之理，如這樣實是他所排斥的。詩是極端地本於情的，故並不輕視如一般的儒家所言的風雲月露之辭，而誹宋人底薄風雲月露，且攻擊據其詩以說理，（後面攻擊宋詩之段參照，）是他底論詩元與向來的學者流不同。

夢陽底觀重詩而且廣。其詩論能棄後世底鄙靡而就往古底敦厚雅正。

「格調」之說，夢陽甚盛。夢陽因非僅唱格與調的。他嘗詩底七難。其中二種就是格之古與調之逸。（夢陽潛虬山人記。）又嘗關於詩而說到體，事，思，意，義，格，調，才，辭，氣，色，味，香等（夢陽駁何氏論文書，）而說高古的是格，宛亮的是調。其置重格調可見。他說：『詩至唐古調亡矣。然自有唐，調可歌詠，高者猶足被管絃；宋人主理不主調，於是唐調亦亡。』（夢陽缶音序。）只此故成了後來到嘉靖時代李攀龍在選唐詩序裏所說的『唐無五言古詩而有其古詩』的先聲。攀龍之語大招後人之攻擊，實發於夢陽。

一概以此說作詩，未免茫漠。欲考詩論之先，要分詩形。已為前所說，中國詩形，具備於唐。觀其形式，先有古體近體。古體有四言，五言古詩，五七雜言樂府。近體有五七言律詩，五七言絕句。又有介在近古之間的七言歌行。論詩是就那一種而說的呢？夢陽底所謂『詩至唐而古調亡』之詩是以五言詩為主為說的。攀龍底『在唐為五言古詩。』添五言二字即是此意。夢陽之意，唐之五言古詩雖有唐調底可歌詠的，然他理想中的五言古詩之調說是沒有。已如前說，所謂必伴着格的。其格因有某時代的格纔生其時代的調。今欲起古調即不可不尋古格。尋所謂『古』夢陽以漢魏為主，至少也得晉宋。夢陽列魏之曹植，阮籍，晉之陸機，陶潛，宋之謝靈運等各家詩集而爲之序。說：『夫三百篇雖逖絕然作者猶取諸漢魏。予觀魏詩嗣宗冠焉。』（夢陽刻阮嗣宗詩序。）又述因魏之曹植成爲陸機，成爲謝靈運接着說：『夫五言者不祖漢則祖魏固也。乃其下者卽當效陸謝矣。』（夢陽刻陸謝詩序。）可見他對於五言古詩專以漢，魏，晉，宋爲主了。

至七言古詩及近體，主要是唐以後之產物，其變至李杜而極。夢陽在詩必推盛唐之言余未發見，然其推李杜，與他底製作因而推察起來其奉盛唐是很明顯的。他的後輩袁袠著他底傳，說道：『弘治間李公夢陽以命世的雄材，洞視玄古，謂：文，莫如先秦西漢，古淡，莫如漢魏，近體詩莫如初盛唐』（袁袠李夢陽傳論。）淸之王鴻緒也說：『倡言文必秦漢，詩必盛唐，非是者不道。』（明史藁李夢陽傳。）袁王二人之言猶不精細。當可說『夢陽於七古並推初唐盛唐，而於近體則推盛唐。』夢陽決不是一切詩都奉盛唐，且在近體詩是不奉初唐的。夢陽推盛唐推李杜在他底友何景明（大復山人）答他的書中有『近詩以盛唐爲尙』之語，又在同書景明說，古人異曲同工，君子不例而同之，取其善焉已爾；若必例其同曲，夫然後取，則既主曹，劉，阮，陸矣李杜即不得更登詩壇。而夢陽却說古人必同規矩法則，以爲變化必從守法而生，回答景明說『守之不易，久而推移，因質順勢，融鎔而不自知，於是爲曹爲劉，爲阮爲陸，爲李爲杜即今爲何大復何不可哉？』據此很可以窺見其主張了。做爲夢陽推崇盛唐的引證，僅在此文面所表現之點，雖不充分，然第一曹劉阮陸李杜等之例是就他們底平生推獎而爲議論，第二據夢陽自己底製作品而實質地判斷起來他眞可說是一個奉盛唐李杜的人了。自然所謂奉李杜在李是關於絕句，五言律詩，七言歌行，五言古詩，樂府，在杜是關於五言七言律詩，七言歌行及五言古詩。但關於五古，他於李杜猶是非滿足的。

夢陽嘗說『詩有七難；格古，調逸，氣舒，句渾，音圓，思冲，情以發之，七者備而後詩昌也。然非色弗神。』（夢陽潛虬山人記。）又說『辭斷而意屬者其體也，文之勢也，聯而比之者勢也，柔澹者思，含蓄者意也；典厚者義也；高古者格，宛亮者調；沈着，雄麗，清俊，閒雅者才之類也；而發於辭，辭之暢者其氣也，中和者氣之最也；夫然，又華之以色，永之以味，溢之以香，是以古之文者一揮而眾善具也。」（夢陽駁何氏論文書。）雖用詞稍有不定不明之感，然大要所說後者底體是近於前者底格的。所謂才，所謂辭是說情近於何音的。事，思，意，義，雖無前者亦不難知，色是文辭底華彩，潤色，味，香，大概是近於風韻之義罷。倘向詩求這等的條件，則格與調僅是作為其一部而注重的了。

相信重格調的是忽於風韻的。這是其誤解據前文已明了。得柔澹，含蓄，沈着，閒雅，味，香，等諸件而失其風韻的實不宜有。夢陽論到古詩底妙處說：『古詩妙在形容之耳，所謂水月鏡花，所謂人外之人，言外之言……形容之妙，心了了而口不能解，卓如躍如，如有而無，無而有。』（夢陽論學下篇第六。）這殆是神韻說了。他評從周至唐的詩說：『三百篇色，商彝周敦乎！苦漬古潤矣；漢魏珮玉冠冕乎！六朝落化豐草乎！初唐色如朱甍而繡闥；盛者蒼然野眺乎！中，微陽古松乎！晚，幽巖積雪乎！』（潛虬山人記。）何其言之有趣味如此！

夢陽重格調而不棄風趣。又在詩以爲宜貴比興而訴之於情。故不薄耽於風雲月露的自然，雖尙道義而排斥因詩說理。這等的持論屢見於宋詩攻擊之際。他說宋無詩，其理由在已引於前的詩底七難裏說『宋人遺茲（指七難）矣，故曰無詩。』（潛虬山人記。）貴比興與直言實不相容，況不得古詩形容之妙者，故又說：『古詩妙在形容之耳，……宋以後則直陳之矣，於是求工於字句所謂心勞日拙者也。』（論學下篇第六。）他底攻擊宋詩最明快的是如次之一文，說：

> 詩至唐而古調亡矣。然自唐，調可歌詠，高者猶足被管絃。宋人主理不主調，於是唐調亦亡。黃陳（指黃庭堅，陳師道）師法杜甫號大家，今其詞艱澁不香色流動，如入神廟坐土木骸，即冠服與人等，謂之人可乎？夫詩比興錯雜假物以神變者也，難言不測之妙，感觸突發，流動情思，故其氣柔厚，其聲悠揚其言切而不迫，故歌之心暢而聞之者動也。宋人主理作理語。於是薄風雲月

露一切劃去不爲。又作詩話教人，不復知詩矣。詩何嘗無理！若專作理語何不作文而詩爲耶？今人有作性氣詩取自賢于穿花蛺蝶，點水蜻蜓，等句（杜詩「穿花蛺蝶深深見，點水蜻蜓款款飛，」此何異癡人前說夢也！即以理言，則所謂深深款款者何物耶？詩云：「鳶飛戾天，魚躍於淵，又何說也？」（夢陽缶音序。）

很可見他底持論與攻擊宋詩的理由了。

二 何景明之說

何景明是與李夢陽同唱復古之說，而奉漢魏初唐盛唐的。明汪道昆說：『初，獻吉從北地崛起，倡江東（徐禎卿）鄙下（邊貢，）二三君子，講業京師。至先生大悅之，相與道古，遂駢肩而進，先二三君子而鳴；其論世則用周，秦，漢，魏，黃初

（魏）開元（唐）其人則左，史，屈，宋，曹，劉，阮，陸，李，杜。』（汪道昆何先生墓碑。）景明所唱的殆與夢陽相同了。夢陽之說詩雖廣言之則主調，但同時也說其他諸件。格調底精神雖充分有，但少單標準此二字的。至景明而更揭格調底字面了。然其同以格調爲主的是由於奉漢魏盛唐是顯著的了。

景明論歷代詩底盛衰說：『夫周末文盛，王蹟息而詩亡，孔子孟軻氏蓋嘗慨歎之。漢興不尙文，而詩有古風，豈非風氣規模猶樸略宏遠者哉？繼漢作者于魏爲盛，然其風斯衰矣。晉逮六朝，作者益盛，而風益衰，其志流，其政傾，其俗放，靡靡乎不可止也。唐詩工詞，宋詩談理，雖代有作者而漢魏之風蔑如也。』這有推漢魏而不滿於唐宋之意。繼續說到明朝道：『國初詩人，尙承元習，累朝之所開，漸格而上，至弘治正德之間盛矣，學者一二，或談漢魏，然非心知其意不能無疑義其間，故信而好者少有及之。』（以上何景明漢魏詩集序。）這是景明說與其同調之士唱漢魏而無其心了解其意的，僅說至弘治正德之間而盛，可見其同調底相許甚厚。

在夢陽之條裏已說過，奉漢魏的只是就五言古詩而說的，關於其他詩形，又須別論。景明最能自記其標的之所，說：『景明學詩，自爲舉子歷官于今十年，日覺前所學者非是。蓋詩雖盛稱于唐，其好古者自陳子昂後莫若李杜二家。然二家近體歌行誠有可法，而古作猶有離去者，尚未盡可法之也。故景明學歌行，近體有取于二家，旁及唐初盛唐諸人。而古作必從漢魏求之，雖迄今一未有得，而執以自信，弗敢有奪。』（景明袁海叟詩集序。）可見景明底標的五古在漢魏，歌行與近體在李杜及其他的盛唐初唐諸人了。

關於景明底取初唐詩不可不一言及。詩稱初唐是指唐之初期所盛行的王勃，楊烱，盧照鄰，駱賓王，等四傑所用的詩體。這等的詩，詞句淸麗，風詞婉轉，在詩界稱爲蟬聯之體。景明嘗效之作長詩七古明月篇。在這詩底序文裏景明說四傑之調反優於杜甫。說：『子美詞篇沉着，而調失流轉。』又說：『子美之詩，博涉世故，而出於夫婦者常少，致兼雅頌，而風人之義或缺，此其調或反在四子下與！』這可以證明他底好四傑之調哩。元由景明可稱爲詩思淸浚，與夢陽底雄鷙高騫異趣，其詩思底近者，自是愛好四傑的緣故。然至概論四傑之調優於杜甫信是景明一時興到之言，因爲以四傑優於杜甫則景明應棄杜而趨四傑。事實恰相反，且與前所說的景明底詩論甚不合。故余以爲與其說景明已有了如序文一樣的見地，而後作詩，寧說是作了明月篇纔製序文的。四傑底可取固不待言。在唐杜甫已戒當時輕薄之文士底哂四傑，說『爾曹身與名俱滅，不廢江河萬古流。』以杜甫比四傑於江河萬古流，可說是過譽，然以轉益多師是汝師爲主義，細大不棄的杜甫元不棄四傑的。取四傑可，專揚四傑不可，景明非不知此者。王漁洋說得好；明之何大復在明月篇之序裏謂唐初四子之作，往往可歌，反在少陵之上，說者以爲有功於風雅，趨之，然遂以此概七言之正變則非也。二十年來學詩者束書不觀，但取王，楊，盧，駱之數篇轉相倣傚，膚詞剩語，一唱百和，豈何氏之旨哉？（王漁洋詩選七言凡例。）漁洋又笑作詩不識景明而摹四傑者之愚說：『接跡風人明月篇，何郎妙語本從天，王楊盧駱當詩體，莫逐刀圭誤後賢。』（漁洋論詩絕句。）知詩且知景明的人是不可不如此的。

這裏須附帶說及的是夢陽與初唐的關係。世人往往以為夢陽僅奉盛唐，而忽初唐，與李何同時為朋友的作家薛蕙（君采）且有『俊逸終憐何大復，粗豪不解李空同』之語。敢以粗豪二字獻於空同，空同原有受此二字的義務，然他亦不至於粗豪，他的明星篇，漢京篇，楊花篇，去婦詞都是盡力於初唐底流麗宛轉的。袁袠說過夢陽底近體詩莫如初盛唐，我先說在近體作為夢陽底奉初唐是不對的；然袁意以四傑之體包含在近體詩內，那無妨稱為奉初唐了。

三　李何底異同

夢陽承認詩與風俗政治底關係，而尊重詩，景明亦說在政治裏不可把詩度外視之。說：『景明仕宦時嘗與學士大夫論詩，謂三代前不可一日無詩，故其治美而不可尙。三代以後言治者弗及詩無異其靡有治也。』（景明袁海叟詩集序。）又論及詩之不與的原因說：『詩之不傳其原有二：稱學爲理者比之曲藝小道，而不屑爲，遂亡其辭，其爲之者牽牽於時好而莫知上達，遂亡其意；辭意併亡而斯道廢矣。』（同上）意就是他們所唱的漢魏唐之意，辭則他們所修的古文辭之辭，論治而及詩，不以詩爲曲藝小道，欲以尋辭之亡，是李何完全相同的處所。

奉漢魏唐以求古之格調，於是成了宋詩底攻擊。前文所謂『稱學爲理者』即指儒者，道學先生，老實對宋儒酬了一矢。至『秦無經，漢無騷，唐無賦，宋無詩』

（景明雜言：全集卷三十八）而極其猛烈；排斥宋之黃山谷說：『山谷詩自宋以來，論者比謂似杜子美，固予所未喻也。』（景明讀精華錄）是亦與夢陽排斥黃山谷陳後山同出一轍。

景明又重自然之詩，他謂唐王維之詩『右丞他詩甚長，獨古作不逮。』（景明王右丞詩集序。）所謂古作是說五古，五古，景明是以漢魏為標的的，不滿於右丞是當然的；然至於以外的詩如歌行，近體，是不得不以「甚長」許之，是亦與夢陽所謂『王維詩高者似禪，卑者似僧』（夢陽論學上篇第五）不遠。

這樣李何是完全相同而無異嗎？曰，否，大同而小異，且其小異如世俗底思想無異，好好地斟酌二家之精神殆歸同一是無疑的。李何二子論詩之辨難，起於李底於正德六年為江西提學副使以後。宋之陸象山，朱晦菴，會於鵝湖談經義，各執異說以辨難攻擊在道學史上是有名的事實，李何底異同，雖不如朱陸底異同之甚，然交互辨難是頗有興味的。夢陽先贈景明以書論其詩弊忠告其改變步趨，（此書已亡失）景明對這書作同答寄與李空同論詩書，夢陽反對他而寄駁何氏論文書，夢陽以此書尚以爲不足續寄再與何氏書。這是二人直接往復的。與此相關聯，夢陽底意見在他書可徵的是他的弘德集序，答周子書，與徐氏論文書等。今據諸書以尋二子底論旨其問題有二：一是關於詩法的議論，一是關於李何相互對於作詩的評論。關於詩法的；景明說：空同拘泥古法，而忘了所謂異曲同工。拘泥則離開古人即不能自立。夢陽說：余守古法，法是無論何人也不能棄却的。所謂法古人，實非以古人爲法，却不外式法事物底本身，式法古法底意義，若盜竊古意古形，剪截古辭，以爲文是不可的，以我之情述今之事，守古之法而不襲其辭有何不可呢？守古法非是不要變化，而是守法不易久而推移，因質順勢，融鎔而不自知，於是爲曹，劉，阮，陸，李，杜爲何大復，這是變化之要，故不泥法而法嘗由，不求異而其言人人殊，非自築一堂奥，自開一戶牖而後爲道也。景明之意以夢陽爲過於泥古，故勸其出自己底機軸而爲獨創的。而夢陽則以爲古法非死法，守法之後始生變化而發揮個人的特異性。一方是把法單看作法，一方是把從法到生變化止都看作法，這是二子論詩法不同的處所。關於作詩，夢陽貶景明底淸俊響亮，而勸以柔澹，沈着，含蓄，典厚，就是景明底從神情領會之處所下筆成章也指摘其外於法。景明疑夢陽底對於柔澹，沈着，含蓄，典厚不無誤解，倘若一誤解則其所貶他的俊語亮節亦併失之，以此冷笑夢陽，並指摘夢陽之詩似江西以後的詩底蒼老，而實疎鹵，近於宋詩。何評李如摇鞞鐸，李評何如搏沙弄泥，其互相指摘如此。虛心看起來，二子相互地說中了他人底短所。共改其短則愈接近於他們所標榜的準的了。據獨創其摹倣，淸俊與蒼老沈着等以哪一種爲善而分友敵是其末流所爲，非二子之意。以這種詩論而說李何底晚年底乖離的是坐於不知。夢陽曾說『僕交遊徧四海矣，赤心朋友惟世恩，德涵，與仲默（景明字）耳』（夢陽與何氏書）的李何底交誼。王世貞說『李子得何子爲益雄也。』又說『工易者，惡律筏（指古詩之法）者，往往左袒何子而齕李子，則又似非何子意也。』（王世貞何大復集序。）可謂知何子底心事的了。

四　李王

李夢陽何景明底漢魏盛唐格調之說到了嘉靖時代因李攀龍，王世貞而敷衍。攀龍是世貞底先輩而相友的。攀龍奉李何，世貞更鼓吹其說。世貞於攀龍沒後尚生存二十餘年，世雖說李王之說，但鼓吹之功却以世貞爲大。

李攀龍字于鱗，山東濟南人。爲人負氣，出仕不合，罷官後家居，設白雲樓於韓蒼店，（王士禎香祖筆記，帶經堂詩話卷十四引之）王世貞記道：『構一樓田居，東眺華不注，西揖鮑山，曰，他無所溷吾目也。』（世貞李于鱗先生傳。）樓有三層，上層于鱗所居爲吟咏之處，中層置寵妾蔡姬，而下層爲延客之所，四面環水，有人來訪則使投其自作的詩文，可則以小舟渡之，否則說『亟歸讀書不煩枉駕。』（帶經堂詩話傳二十五，張宗枏引西山日札云。）于鱗愛喫葱饅頭，此稱饅頭惟蔡姬得其製法，（香祖筆記引謝在杭文海披抄，帶經堂詩話卷二十五又引之，）倨華不注，鮑山二山之間的三層樓上一面喫葱餡的饅頭，一面呼號復古，于鱗之風豈很堪想像了。一面齕熬荳，一面罵英雄，我物徂徠實于鱗底心醉者，東西人氣慨底相似如此可謂一奇。

李王底相識是從嘉靖二十九年頃開始的。『五子』『七子』等底標榜是生於數年之間。三十七年世貞底藝苑巵言成功。其說奉李何而鼓吹同調，巵言後經數次的補訂。其中稱揚于鱗殆達於極點。于鱗是什麼時候看見巵言的不大明白，然嘗評論道：『姑蘇梁生（卽梁有譽）以元美（卽世貞）書至，出巵言以示，大較，俊語辯博未敢大盡英雄欺人，所評當代諸家，語如鼓吹，堪以捧腹矣。』（李攀龍與許殿卿書）。所謂堪以捧腹，可知對於自己底被譽是不滿足的了。三十八年世貞訪于鱗大論文事，這時的事世貞曾記之於書與于鱗論詩事之中。要之爲二家自己與他人底製作底評論。李在古樂府，五言古，近體都勝於王，尤其自負於七律。在騷，賦，歌，行，稍許王。王大體承認李這一說，而謙遜地說「於足下爲雁行，」僅於歌行有自得之言，且對于鱗也推服。關於製作後世所評一致以世貞比于鱗爲大。而當時世貞底敬服于鱗如彼，是眞由於敬服于鱗呢，還是欲由敬服之態度以滿足負盛名的于鱗底倨傲心呢？在這相會的時候一日于鱗因酒踞而謂世貞道：『天地爲偶而無孤美者，人亦然，孔氏之世不有左丘乎？』世貞瞪目直視不答。于鱗遽曰：『吾失言，應言有老聃。』于鱗底夸誕至此可說是滑稽了。

五　李攀龍之說

于鱗底立脚點，世貞記之甚詳。如說『計于鱗之所許無過於北地李生（卽指李夢陽，）其次爲仲默（卽何景明，）又次爲昌穀（卽徐禎卿）』（世貞贈李于鱗序）。又說：『蓋于鱗以詩歌自西京逮於唐大曆，代有降而體不沿，格有變而才各至，故於法不必有所增損，而能縱其夙授神解於法之表，句得而爲篇，篇得而爲句，卽所稱古作者，其已至之語出入於筆端，而不見跡；未敎之語，爲天地所秘者創出於胸臆而不爲異，亡論建安而後諸公，有不偏之調，于鱗以全收之，卽其偏至而相角者，不啻敵也。』（世貞李于鱗先生傳）卽是說于鱗於漢魏以降變歷代詩之體格，各人只應其才而達於可達之處；因而于鱗之製作，在詩法雖是一定而無增損，或從古法而不見其痕迹，或進而敎天地之祕，雖自我創之而不與法異；以及于鱗把歷代的善調全部得之，而其長於一局部者倘以之與古人底長於一局部者比較也是很堪匹敵的。這對於于鱗底製作底贊詞作爲別論，關於歷代底詩格詩法之見豈非是本於李夢陽底『守古法久而推移』之說罷？于鱗一樣地推重李何，但比較多左祖李。

世貞說：于鱗之評詩見於筆札的少。于鱗自己底話，余輩亦多不知之，閱其集于鱗在送王元美序裏推北地底李獻吉（卽夢陽）底修辭。傷晉江，毗陵（王愼中及唐順之）底氣格，排斥爲理所掩，這是關於文的；又有秦漢以後無文矣（李攀龍答馮別駕書）之言，這可證明是本於李夢陽了。尤其是關於所謂法，是照原樣繼承夢陽之說的。說『今之不能子長文章者，曰法自己立矣，安在引於繩墨，卽所用心非不濯濯，唯新是圖，不知其言終日，卒未嘗一語不出於古人，而誠無他自異也。徒以子長所逡巡不爲者，彼方且得爲之，若是其自異爾，奈何欲自掩於博物君子也。』（李攀龍王氏存笥稿跋。）這是說當代之士務師法自己，好新奇，與古人異，其言之可者不出古人之法底範圍，其不可者乃拾古人唾棄之餘。與夢陽『古法』之說出於一揆，這是關於文的話。

關於詩僅於答劉子威的書牘中引劉之說而有贊成的話。說『諭蓋曰：漢魏以逮六朝皆不可廢，惟唐中葉不堪復入耳，見誠是也。於不佞奚疑哉！』是明白地贊成漢魏盛唐說也。其他間接只見在廣陵十先生傳序，與余德甫書等裏遺留有稱揚他人底推許李夢陽，何景明，或者其製作底近於這一類的言語而已。明白地可以見出于鱗底詩說的，是其選唐詩序。這序底論點，可分爲五言古，七言古，五言律，排律，七言律，五七言絕句。關於五古說，『唐無五言古詩而有其古詩。』唐之五古即被推許的陳子昂猶有不滿之言。『唐無五言古詩』之語，即是本於李夢陽底缶音序所謂『詩至唐古調亡矣，然自有唐調可歌詠，高者猶足被管絃。』排斥于鱗的，取了『唐無五言古詩』一句，直加他以怒罵。余謂倘若怒罵有暇更當溯夢陽以尋其論旨。於五古以漢魏晉宋爲標準者該承認合於這種標準的唐代底五言古詩罷！故『亡』不能說作『無』。然在唐有唐格之詩，故說『有唐調可歌詠』說『有其古詩。』此論的究局，在五言古詩是漢魏晉宋所有的爲優呢，抑是唐代所有的爲優？爲怒罵論者起見應先急解決這個問題。于鱗於七言古詩，說惟杜子美不失初唐底氣格，而縱橫有之。對於杜甫以盛唐底氣格而兼初唐，更稱揚其縱橫。對李白却說太白雖縱橫，往往强弩之末，間雜長語，英雄欺人耳；以此貶之。對於五律說諸家概多佳句，對於七律推王維李頎爲妙，於杜甫曾貶其『憒焉自放』。於五七言絕句專推李白說是唐三百年一人。

于鱗卽以漢魏盛唐底詩格爲主，其中歌行，近體更分輕重之論。依此種見解，他編成古今詩刪，選從古代至明止底詩而中唐以後至宋元時代完全除外。詩刪成於王世貞底巵言以前。（巵言底最後的脫稿在嘉靖四十四年。）攀龍沒後，世貞在序裏說：『于鱗輕退古之作者間有之，于鱗舍格而輕進古之作者則無量也。』（此語巵言卷七引之。）以余觀之，詩刪對於明代之作未免阿其所好，雖有似所謂『輕進』，然對於唐及唐以前所作實頗見選擇之嚴。

王世貞底議論與李于鱗大同。以其止於補于鱗之缺今不說了。

看了李何以來的關係，可以說：李夢陽何景明說其原則，李攀龍示其實例，王世貞實是依此種原則與實例把其主義傳播於世間的。

六　對於格調說的臆解

一、格與體同樣含有廣的意義。蓋格有廣狹二義。格可從內外兩面看，從內面看可以說是詩意，從外面看可以說是詩之組織，卽狹義之格。這種格中雖含着有調，但把彼除外的時候就有如下面的關係。

格
- 內：意氣○，思○，情○，事◎，思◎，意◎，義◎，氣◎，色○，才◎，色◎，味◎香◎，
- 外：
  - 格：格○句○體◎格◎辭◎
  - 調：調○，音○，調○

○在七難裏的
◎在十三事項裏的
氣，思，格，調，色是被數二次的

李夢陽底所謂詩底七難（實有八項）十三項分配起來，氣，思，情，事，思，意，義，氣宜入意之部，格，句，體，格，辭，宜入格之部，調，音，調宜入調之部，色，才，色，味，香，與意，格，調都有關係。於分配之中也有重複的，例如氣可看作爲意與力底混合物。大要意之部殆含一切精神上的要素，格之部爲詩底形式底要素，例如各時代底文法上，修辭上的習慣修辭等都含有的，而調之部從一字底音調至從全體所生的音調止都包含在內。以此應於詩體而以漢魏盛唐或初唐爲標準，向其善者而進的是卽李何格調說底精神而更爲李王所祖述的了。

余今假令奉格調說以說其主張：

格調說是期意與格調底相應的，

此意是依此格以帶此調而表現的。故正意，正格，正調。譬之於人，意如其精神，格調如其衣冠。關羽有關羽底精神充於內，而外有丹鳳之眼，臥蠶之眉，神仙的鬚髯，提青龍刀而立。故堂堂具有豪傑之態度。今俳優亦能扮關羽，沐猴亦能冠。所缺的是精神。故尙格調者不單是正格調，亦實欲正其意。這是格調說底眞髓。及其流弊單摹聲調，擬格形，不問其意，於是成了『膺廓』。不伴意的聲調格形，在眞正的意義上固不可名爲格調，誤冒格調之名以招膺廓之誹是俳優所扮的關羽。

格調說是先正格調而及於意的，先正意，意正而爲格調以表現的最適宜，這是從內而及外的。至於先正格調而後正其意者也有，這是從外而及於內的。道德必貴禮儀，然流於禮儀底虛式之弊者亦有之，故出於欲從外以制內的目的。在詩亦然。圖正其格調的時候則淺率鄙俚之意多寓於其中了。如着禮服以端坐雖鄙夫亦不能不生出幾分嚴肅之念。反之不正格調而使其放縱變禮服而着便衣，不至於裸體不止的。俳優底關羽雖是扮裝的但以這比來猶覺其遠勝。況愈扮裝而愈可遠其眞乎？格調說是貴實質斥浮華，與人情合不背事實，以這爲實質。在文學上固不妨趨於想像，施以修飾，不排斥空想而又不背於人情與事實。而排斥所謂單是口頭的根本底記述方法。這關於意與調。無實質的一見而知其僞不能掩識者之目的。

格調說貴力斥靡弱

格調派底詩底長所是雄渾，悲壯，高華，瀏亮。其所謂雄，所謂壯都是表現力的處所。與靡弱相反的。且雖是華麗然必要與品位相伴，這是關於意與調，瀏亮專屬於調，與淫哇啁哳是相反的。

在所舉的是可承認的格調說底長所的主要點。要怎樣纔能達其長所，不能不就其方法說一說。

七　成功格調說的方法

因古體近體有少許的差異。在古體詩是其意（作者之意）與各時代之格（組織之法），古體詩底格調（與古詩底平仄之說不同）如何今不能以一言而說明之。然古代底文學，大抵無論在那一國必爲其最能適於人情的敍述法，至於其最巧妙的决不無理地弄其特別的技巧。就令弄技巧也是有力有品位而不失奥雅之趣的。以這爲長所。古詩底格調不外此。

至於近體詩稍能涉及形式來說。中國底詩句概是名詞，動詞及形容詞組成的其調宜雄健，用其他的品詞（所謂虛字）的應得流動之妙。多失於實字的則近於平板堆梁；多失於虛字的則陷於輕佻靡弱。以實字與虛字用得適多的詩篇詩句底上乘。格調派底句法概傾於實字的，玆就杜甫之句以爲例，如：

香飄合殿春風轉。　花覆千官淑景移。

五更鼓角聲悲壯。　三峽星河影動搖。

這是典麗悲壯的。調正而意亦得宜。

厚祿故人書斷絕。　恆饑稚子色淒涼。

這是從意故以調勝。又杜句有，

更爲後會知何地。　忽漫相逢是別筵。

幸不折來傷歲暮。　若爲看去亂鄉愁。　早梅

則與虛字底運用相伴而流動的程度也恰如其分。

西山白雪三城戍。　南浦淸江萬里橋。

近於堆梁，

焉得思如陶謝手。　令渠述作與同遊。

則屈折過多。用其善的則無論用哪一種都可。用其不善的則無論那一種也不宜。而

格調派是多用實字的。

更稍就格調底句法而舉實例，在杜甫底五言句裏如

春色浮山外，天河宿殿陰。

山河扶繡戶，日月近雕梁。

星臨萬戶動，月傍九霄多。

星垂平野闊，月湧大江流。

吳楚東南坼，乾坤日夜浮。

日月低秦樹，乾坤繞漢宮。

地平江動蜀，天闊樹浮秦。

落日心猶壯，秋風病欲蘇。

（此聯有如猶，欲的副詞助動詞亦可；虛字有時反幫助格調。格調派不是絕對拒絕虛字，只戒其濫用而已。）

等句，是尙格調所歡迎的。而同樣如杜甫底——

碧瓦初寒外，金莖一氣傍。
退朝花底散，歸院柳邊迷。
花動朱樓雪，城凝碧樹煙。
岸花飛送客，檣燕語留人。
圓荷浮小葉，細麥落輕花。
凍泉依細石，晴雪落長松。
兩行秦樹直，萬點蜀山尖。
兩邊山木合，終日子規啼。

等句格調派也喜歡，而神韻也承認是佳句。這等的句法多以風趣爲主，其句法不勉强，故格調派取之。寫其靜止或寫其幾等於靜止的活動不發揮其顯著之力故神韻派也取之。又以七言來說，如次的詩句是格調派所喜的。杜甫底——

錦江春色來天地，玉壘浮雲變古今。

織女機絲虛夜月，石鯨鱗甲動秋風。

紫氣關臨天地闊，黃金臺貯賢俊多。

萬里悲秋常作客，百年多病獨登臺。

王維底——

九天閶闔開宮殿，萬國衣冠拜冕旒。

雲裏帝城雙鳳闕，雨中春樹萬人家。

李頎底——

秦地立春傳太史，漢宮題柱憶仙郎。

南州秫稻花侵縣，西嶺雲霞色滿堂。

李白底——

三山半落青天外，二水中分白鷺洲。

瑤臺含霧星晨滿，仙嶠浮空島嶼微。

祖詠底——

萬里寒光生積雪，三邊曙色動危旌。
沙場烽火侵胡月，海畔雲山擁薊城。

岑參底——

千門柳色連青瑣，三殿花香入紫微。
花迎劍佩星初落，柳拂旌旗露未乾。

是皆盛唐諸家之句。然而倘據以神韻爲主者說來，則王維底雨中春樹和李白底二聯以外未必贊成。因爲格調派是以雄渾，高華爲主，神韻派以平淡超詣爲主的緣故。其主要底相差在格調派是貴力底表現，在神韻派是不貴力之表現。如以性靈爲主的恐怕不能理解這些句子。

以上單從句法以說明格調之一斑。至於怎樣纔成爲格調的事實問題須就各個底地位而加以判斷。

又從篇法上看來，凡一句數句在全篇成爲有相對的價値者故以其句作爲其句，看來雖佳，但作爲其篇中的一句也有爲壞句的時候，反之單就一句看不見得佳，然作爲全體底一部而生出妙的處所。應如何而把篇法成爲格調的，須從一切句所說的來類推，更要就全篇底意與調去考察。這是至要至難之事，待各人底神會而已。

考查格調之說與檢驗唱斯說者的人們底製作，到怎樣的程度止把議論實行起來是有興味的事。尤其是把關於與這派之外有區別的古體詩歌行的作法舉出來論雖覺得是至當，但今只好從略了。近體亦從略。讀者幸勿以描寫背面的佳人來罪余輩也。

八　明末詩界底混戰

李王倡格調其所以的精神被誤解至其末流，唯摹其形貌而不察其精神底所在。奉格調之說者底詩至抱不免『膚廓』之感。於是從一種極端而趨於其他極端。至萬曆時代有公安底袁宏道(中郎)兄弟標榜淸新輕俊，任性情而不拘於法度，推崇唐之白居易，北宋底蘇軾，南宋底諸家，明之徐渭等。其言雖似無不可，然實質陷於恢誺之流，品格卑靡，決不能說是雅音。同時有竟陵底鍾惺，譚元春貴幽深孤峭，爲欲鼓吹其意見而編古詩歸，唐詩歸施以平典。而其見解與求詩趣於意外的方向雖幽深孤峭決非在通例的意義上的那意義。提要所謂『小人而無忌憚者』殆是。袁鍾底詩流是欲救膚廓之弊而陷於『輕佻』『纖詭』之弊的，其極端一也。於是在崇禎時代有陳子龍，是一代底作家而有卓識。汲取李何李王底精神以盡力於文學底復興。

他底明選詩卽是由此種目的而成的。排斥之者說：猶不免李王底習氣。然依李何李王底標準的時候正不可不如子龍。時有陳祚明編古詩選，欲折衷李王與鍾譚；有錢謙益編列朝詩集反對李王李何底主張以攻擊其詩風。

在明末如諸家混戰的狀態。然大體有學識者多左袒李何之說以避其流弊，無學識的好新奇者多趨袁鍾。如這樣便到了清朝。

第四章　論神韻之說

一　在清詩裏的王漁洋

清朝之初承明末詩界混戰之後。格調派，宋元派，溫李西崑派，鍾譚三袁派等甚紛紛的。至康熙時代止，是繼續這種狀態。錢謙益，吳偉業，宋琬，施閏章等在其間是很顯著的。而上結明詩下起雍正以後的清詩的則是王士禎。士禎山東新城人，號漁洋山人。生於明崇禎七年（一六三四年）卒於康熙五十年（一七一一）。

二 漁洋與天才，家學，鄉土，師友

漁洋之詩一有天才，二是家學，三是鄉土底關係，四是師友底關係。天性鈍根爲何能成，而他則既有才又培植之，以家學，擴充之以學問，故能大成。

漁洋底先世族叔等不乏長於詩的，這固是產生斯人底一因，而直接的影響却是因爲兄弟底切磋，漁洋幼入家塾，舉業之暇，竊取文選唐詩誦之，已而爲五七言的韻語，是天然已有一種嗜好與技能了。漁洋底長兄名士祿。（西樵，考功。）士祿見漁洋之詩甚喜把劉須陽所編的唐詩宿中間的王維，孟浩然，王昌齡，劉眘虛，韋應物，柳宗元等的詩使他鈔寫。嘗歲暮大雪，兄弟於夜集堂中，置酒，酒半出王維裴迪底輞川集共和之，每一詩成，輒互相賞激彈射，詩成酒盡而雪不止。漁洋記道：『士正與西樵先生爲兄弟，四十年，撫我則兄，誨我則師。』對於漁洋其兄西樵底功甚大，尤其是使親王孟韋柳等唐之冲澹趣味底詩有功，這是其家學。

明之弘治正德之間，李夢陽，何景明等唱漢魏盛唐，同調者六七人，其中以李，何，邊貢（庭實，華泉）與徐禎卿稱爲四傑。邊貢卽是山東歷城人，爲漁洋底鄉先輩，邊貢之詩諸體雖長，然與其他諸子較長短可說在五七言絕句爲絕技，陳子龍評論他說：『五言尤稱長城，』朱彝尊也說：『華泉諸體不及三家，（指李何徐）獨五言絕句擅長，』這是極對的話。邊貢底仲子邊習（仲學）亦善詩，漁洋嘗爲貫刻華泉集，又把習底詩刪存而附刻之，其尊崇先賢如此。其次是嘉靖七子底巨魁李攀龍，是濟南人，是亦漁洋底鄉先輩，漁洋於李夢陽，何景明不欲非難，嘗在自著詩集精華錄底序裏說是某人（指錢謙益）之序嘗議李何不以爲滿，曾與侯官林吉人書以說其意，說：『精華錄前，有某人序，其議論仍嘗何李，於愚心有所未安，如何如何。』（翁方綱跋漁洋手柬引之。）很可以見其意了。對於李攀龍王世貞似稍有微言，說：『自王李專言格調，清音中絕。』（池北偶談明詩有古澹一派條，帶經堂詩話卷一引之。）又說：『弘正四傑在宋詩亦罕其匹，至嘉隆七子則有古今之分矣。』（帶經堂詩話卷二十九答問。）然承認李攀龍之流弊，而於其長所亦不等閑視。他說：『吾鄉風雅盛於明弘正嘉隆之世，前有邊尚書華泉，後有李觀察滄溟。』（香祖筆記，帶經堂詩話卷四引之。）他底推崇李攀龍從他底常以『滄溟先生』稱之也可推知了。蓋明之中葉，李何出後一代之文學詩並復古說沒有不受其影響者，至清初止猶不能免，甚至立於反對側而攻擊他的猶有影響。以漁洋之聰豈有不承認其長所的理！

漁洋嘗受詩於錢謙益（牧齋，虞山，）吳偉業（梅村，婁江。）牧齋讀他底集子而爲之作序，又贈五古一篇，中有『騏驥奮蹴踏，萬馬喑不驕，勿以獨角麟，儷彼萬牛毛』之句，（錢序及詩載於精華錄首，古夫于亭雜錄，帶經堂詩話卷八引之，）又嘗以書與他，屢屢賞之說：『門下散華落藻，如卿雲在天，有目共睹。』又說，『復示大作，如觀武庫，如遊玉府，未能遽贊一言於簡端。』又說：『伏讀佳集，泱泱大風，靑邱東海，呑吐於尺幅之間，良非筆舌所能贊歎，詞壇有人，餘子皆可以歛手矣。』梅村看見他底絕句也說：『傳示論詩大什，上下今古，咸歸玉尺，當今此事，非得公孰能裁乎？』（錢吳諸書古夫于亭雜錄，帶經堂詩話卷八引之。）錢吳二家爲當時的大宗，而錢推獎其作詩吳推獎其識見如此，漁洋之非凡可知了。漁洋自己說：『余奉敎於虞山（此二字原缺）婁江兩先生』（仝上）。錢吳底詩論必是開發他的。

漁洋是北人，而南受益於錢吳，北之雄勁，南之優儷殆因他而調和。錢元是極端排擊李，何，李，王的人，暗地雖取之，然在表面却標初唐，中唐，宋，元。吳是與初唐中唐底元白，元之虞集等氣味相近，於聲律似有則𠩄。於是漁洋不棄李何底格調又不棄初中唐宋元，而更加之以其特見的冲澹趣味。

三　漁洋底神韻說底由來

漁洋底詩論（作詩也是）是受了諸家之說底影響的。然他與別人有區別的是其『神韻』之說。『神韻』二字是他底領會詩趣的標準。

（目漁洋爲『神韻家』的始於何人，據翁方綱說任邱底邊連寶曾序獻縣戈芥舟（名濤）底坳堂詩集，於序中會目漁洋爲『神韻家』而誹其神韻之非，（見方綱底坳堂詩集序）殆是從這開始的罷。）

漁洋論詩用神韻二字是當他於康熙元年在揚州的時候，爲其子啓及涑在家塾選唐詩底五七言律絕而名爲神韻集以課之爲始。如皐冒丹書從此書中僅抄出七言律名爲唐詩七言律神韻集，其書後來說是爲泰州底黃某繆某所刻，（居易錄，帶經堂詩話卷四引之，）其書怎樣，余未之見。二十二年選五言七言古詩，（即古詩選，）

二十六年撰唐詩十選，二十七年撰唐賢三昧集。至此他底詩論已經定了。三十八年更選定明之徐禎卿和高叔嗣底集子。三昧集最是他底詩見所寓的著作。

漁洋底詩論本於唐之司空圖與宋之嚴羽。他得圖羽底原意與否當別論，至少也是從二家得到啓示，依據於自我領會之處爲標準，而自由地解釋的。他底三昧集序即是敎表他底詩底極意者，說：

嚴滄浪論詩云：「盛唐諸人，唯在興趣，羚羊掛角，無跡可求，透徹玲瓏，不可湊泊，如空中之音，相中之色，水中之月，鏡中之象，言有盡而意無窮。」司空表聖論詩亦云：「味在酸鹹之外。」康熙戊辰春抄，自京師歸，居於宸翰堂，日取開元天寶諸公之篇什讀之，于二家所言別有心會，錄其尤雋永超詣者自王右丞以下四十二人爲唐賢三昧集釐爲三卷。（王士禎唐賢三昧集序。）

他說『別有會心，』又說『雋永超詣』要是怎樣的作品纔雋永超詣呢這是余霬所欲知道的了。

四　詩境與禪境

漁洋說：『嚴滄浪以禪喻詩，余深契其說，而五言尤爲近之，（蠶尾續文，帶經堂詩話卷三引之，）又說：『捨筏登岸，禪家以爲悟境，詩家以爲化境，詩禪一致，等無差別。』（仝上。）滄浪曾說『禪道惟在妙悟，詩道亦在妙悟，』余曾記得，不知詩亦不知禪的余輩雖很難保證此語底然否，然在漁洋說禪家底悟境詩家底化境是同一不二的這却是很對的，所以說『詩禪一致』。誦他底所謂得爲神韻之詩，精神宛然超越於物外而失其物我之差，如莊子所謂嗒然如喪其偶，如柳子所謂與萬化冥合而達於佛家所謂坐禪入定的心境了。這是其以『三昧』名選集的所以。司空圖底『味在酸鹹之外』亦甚難解，漁洋頗多司空圖底推崇王維韋應物，且引圖底詩品底話以說詩境，不止一再，其愛好的在『冲澹』底『遇之匪深，卽之愈稀；』『自然』底『俯拾卽是不取諸鄰；』『淸奇』底『晴雪滿林，隔溪漁舟，』及『神出古異，澹不可收；』『含蓄』底『不著一字，盡得風流；』『纖穠』底『采采流水，蓬蓬遠春』等特別地評『不著一字，盡得風流；采采流水，蓬蓬遠春』道：『二語形容詩境亦絕妙。』又於以外諸家之語他所愛好的亦有唐王昌齡底『空山多雨雪，獨立君始悟；』戴叔倫底『藍田日暖，良玉生煙；』劉蛻底文冢銘底『氣如蛟宮之水；』宋蘇軾底羅漢贊底『空山無人，水流花開；』姚寬底載於西谿叢語的古琴銘底『山高谿深，萬籟蕭蕭，古無人蹤，惟石嶙嶢；』等。這是他底詩境底所得的處所。耽於他人底想像各有其性之所近，豫難一定。唐之鄭綮說：『詩思在灞橋風雪中驢子背上。』胡權說：『吾詩思，若在三峽聞猿聲時。』我定家卿則說「凡臨作和歌先誦「故卿有母秋風淚，旅館無人暮雨魂」「省闈花時錦帳下，廬山雨夜草庵中」（共是李白詩）之句則意格自高妙。』（大日本史引淸巖茶話）

蓋必直接見古人之句而非欲其摹擬，只是取他底句置其句境於我心中其時所發生的詩句則彼我互同其品的。漁洋底神韻一切都是從如那樣的句境而發的，是禪境在柳綠花紅之境呢，是詩境在水流花開之境呢，誠不知道了。

五 詩趣與畫趣

漁洋已以詩與禪比，又以詩與畫比。說『予嘗聞荊浩之論山水，而得詩家三昧。其言曰：「遠人無目，遠水無波，遠山無皴。」又王懋在野客叢書有云：「太史公如郭忠恕畫，天外數峯，略有筆墨，意在筆墨之外。」詩文之道大抵皆然。』漁洋評叢書底『意在筆墨之外』說：『此語得詩文之三昧，司空表聖所謂「不著一字，盡得風流者也。』卽是謂妙在沒痕迹的意思。

漁洋一日於秋雨之中記與其宗姪茂京論畫理道：『茂京大約謂始貴深入，既貴透出，又須沈着痛快，此義與詩文相通。』又於他處記之說：『茂京曰「凡爲畫者始能貴入，繼能貴出，要以沈着痛快爲極致。」予難之曰：「吾子於元推雲林（倪）於明推文敏（董）彼二家者是畫家所謂逸品，所云沈着痛快者安在？」給事（即茂京）笑曰：「否否，見而爲古澹，閒遠，中實沈着痛快此非流俗之所能知也。」予曰，「子之論畫至矣，然非獨畫耳，古今風騷流別之道固不越此。……沈着痛快不獨李，杜，昌黎有之，即從陶謝王孟以下莫不有之，子之論論畫而通詩矣。」』（居易錄，蠶尾文，帶經堂詩話卷三引之。）始深入而後透出，與表面古澹閒遠而中藏沈着痛快，即所謂意在筆墨之外。即有筆墨而不見筆墨底痕迹。即盡得風流不著一字。妙即在此。

六　有神韻的詩例

漁洋底說詩不免過於比喻的，過於架空，茲聊依詩例以窺他底立說底歸。

據漁洋之見詩是以興趣（他有時說作興會，有時對學問而言叫做性情）爲主的。神韻是興趣之至，有興趣斯有詩，無興趣則無詩。故昔人愛『偶然欲書』之語，又愛『佇興而就』之語，並賞『有來斯應，每不能已，須其自來不以力構』之言。都是說倘詩興的。詩興底某物是與畫趣一致的。漁洋愛句底與畫趣近的，而其詩實得畫趣。他在眞州時所作的句裏有——

好是日斜風定後　半江紅樹賣鱸魚

濛濛夕照闞棠邑　葉葉風帆下建康

摘星樓閣浮雲裏　一傍危欄望楚江

綠楊城郭是揚州」

他自說此等詩句，江淮之間多寫爲圖畫。他入蜀時於夾江道中望峩嵋底三峯於煙雨空濛中賦詩道：

沈黎東上古犍爲，　紅樹蒼藤竹亞枝；

騎馬靑衣江上路，一天風雪望峩嵋。

及入粵於大雪中行灊山唐婆嶺即事賦詩云：

皖公山色望迢迢，皖水淸冷不上潮，

靑笠紅衫風雪裏，一林楓柏馬蕭蕭。

他自說常欲命畫師爲寫二圖不果，每以爲憾。（漁洋詩話，帶經堂詩話卷八引之。）是皆得畫趣的作品，神韻卽寓於此。

今更把他談論別人所作的有神韻的數節記出如次。

看漁洋屢屢標出的詩句，於四言擧魏稽康底『手揮五絃，目送歸鴻。』於五言舉晉左思底『振衣千仞岡，濯足萬里流。』宋謝靈運底『池塘生春草，』和『清暉能娛人。』梁柳惲底『亭亭木葉下，隴首秋雲飛。』王籍底『蟬噪林逾靜，鳥鳴山更幽。』唐孟浩然底『微雲澹何漢，疎雨滴梧桐，』王灣底『海日生殘夜，江春入舊年，』馬戴底『猿啼洞庭樹，人在木蘭舟，』司空圖底『回塘春盡雨，方響夜深船』等。又說『嚴滄浪以禪喻詩，余深契其說，而五言尤爲近之，』並舉王裴（王維裴迪）輞川之絕句字字入禪以爲例，（輞川之絕句皆收三昧集中。）以外的例舉王維底『雨中山果落，燈下草蟲鳴；』『明月松間照，青泉石上流；』李白底『卻下水晶簾，玲瓏望秋月；』常建底『松際露微月，清光尤爲君；』孟浩然底『樵子暗相失，草蟲寒不聞；』劉眘虛底『時有落花至，遠隨流水香；』等句並評論之，說是『妙諦微言，與世尊拈花，迦葉微笑，等無差別；通其解者，可語上乘。』（蠶尾續文，帶經堂詩話卷三引之。）就以上諸句看來，除左思底振衣濯足之高邁，與王維底雨中燈下，孟浩然底樵子草蟲是表幽寂的外大抵在平淡之中極有滋味，不必高不必深而有雋永之趣。漁洋平生得力之處恐怕就是在這等處所了。

就一篇之詩而論在怎樣的處所為有神韻？這固然在三昧集裏所示的諸例子可以類推，然特別見到漁洋所推獎的有五言律數首。某人問不著一字盡得風流之說。答道：『太白之詩有「牛渚清紅夜，青天無片雲，登高望秋月，空憶謝將軍；余亦能高詠，斯人不可聞，明朝掛帆去，楓葉落紛紛。」（按即夜泊牛渚懷古，牛渚是晉謝尚聞袁宏詠史處。）襄陽之詩有「掛席幾千里，名山都未逢，泊舟潯陽郭，始見香爐峰，嘗讀遠公傳，永懷塵外蹤，東林不可見，（或作精舍近）日暮空聞鐘。」（按即孟浩然底晚泊潯陽望香爐峰詩）詩至此，色相俱空，正如羚羊掛角無跡可求，畫家之所謂逸品是也。』（分甘餘話，帶經堂詩話卷三引之。）又說溫庭筠之詩有『古戍落黃葉，浩然離故鄉，高風漢陽渡，初日郢門山，江上幾人在，天涯孤棹還，何當重相見，尊酒慰離顏。』（送人東遊詩）他評道：『此晚唐而有初唐之氣格者最爲高調。至於雞聲茅店月，人跡板橋霜（溫句）之句，乃近於俗諦，世人顧亟亟賞之，罕知前作之妙，豈知詩者耶？』（古夫于亭雜錄，帶經堂詩話卷一引之。）於明之徐禎卿之詩有『洞庭葉未下，瀟湘秋欲生，高齋今夜雨，獨臥武昌城，重以桑梓念，淒其江漢情，不知天外雁，何事樂長征。』評道：『一篇非太白不能作，千古絕調也。』（池北偶談、帶經堂詩話卷九引之。）看此等的詩篇詩思超詣。誠富於風神。其形式爲律體實以散法行之。意義融洽如流水之無音而去，四十字寶珠一貫而不見其紐。有文字而無文字。

五言詩句之妙，至五言絕句而至難。漁洋之廸王維裴廸固在這一點勝過其他諸人。他說：『唐人之五言絕句，往往入禪，有得意忘言之妙。與淨妙之默然，達磨之得髓同一關捩。觀王裴之輞川集和祖詠終南殘雪之詩，則鈍根初機亦能頓悟矣。』此等作品皆收在三昧集中，雖爲詩人所熟知，爲便宜計姑抄錄二三如此。

輞川集中王維之鹿柴云：

空山不見人　但聞人語響　返景入深林　復照青苔上。

竹里館云：

獨坐幽篁裏　彈琴復長嘯　深林人不知　明月來相照。

裴迪之鹿柴云：

日夕見寒山　便爲獨往客　不知松林事　但有麏麚跡。

孟城坳云：

結廬古城下　時登古城上　古城非疇昔　今人自來往。

木蘭柴云：

蒼蒼落日時　鳥聲亂溪水　緣溪路轉深　幽興何時已。

祖詠望終南餘雪云：

終南陰嶺秀　積雪浮雲端　林表明霽色　城中增暮寒。

漁洋舉同時人之作說：『程石臞有絕句云：「朝過青山頭，暮歇青山頭，青山不見人，猿聲聽相續。」予每歎絕以爲天然不湊泊。』他又舉自作說：『予少時在揚州，亦有數作云：「微雨過青山。漠漠寒煙織，不見秣陵城，坐愛秋江色。」（青山）「蕭條秋雨夕，蒼茫楚江晦，時見一舟行，濛濛水雲外。」（江上）「雨後明月來，照見山下路，人語隔溪煙，借問停舟處。」（惠山下鄒流溪過訪）「山堂振法鼓，江月掛寒樹，遙送江南人，雞鳴峭帆去。」（焦山曉起送崑崙還京口）又在京師時有詩云：「凌晨出西郭，照提過微雨，日出不逢人，滿院風鈴語」（早至天寧寺）皆一時佇興之言知味外之味者當自得之。」（香祖筆記，帶經堂詩話卷三引之）

漁洋之推王裴固善。然其舉近人與自己所作未必是對的。他大概是對於古人嚴而對於近人寬罷。程王二人這等的作品決不能以爲到了極頂。程之聽相續不能說是天然。王之所謂寒煙織，所謂坐愛織，字失之織，坐愛不脫稺氣，第二首江上中的時見二字，一舟底一字恐怕是幼稺哩。以昔人底『天際識歸舟』等句比起來句格之高畢實有雲泥之差。惠山下所作境誠是佳，然照見與溪煙不免支吾猶是白璧之瑕；焦山曉起句之均衡甚相得，無可指摘，但詩格不脫宋習；天寧寺恐怕是從唐崔國輔底宿法華寺「松雨時復滴，寺門清且涼」着想的，然而詩品底高下不同，且第一與第二詩句接續不宜，從出郭而並不至寺，而出招提是突然的，所謂微雨過而接着又說日出，路徑不順，漁洋後改「微」作「新」，因這於雨與日出的關係雖好，然於出郭與寺的關係依然不妥當。結局之滿院及風鈴語之語字初學之所喜，而非貴自然說神韻的漁洋先生可用的句格。知味外之味的是不滿足這等的作品的。余非欲以此等的詩例誹謗漁洋之詩，漁洋所說的詩境極其高雅奧妙，但其作詩的一切不能說是同樣的高尙，漁洋底論詩與作詩實不可不分別觀察的。

七　漁洋應用五言的趣味於七言

余以爲在內容相等的時候詩趣底高妙與文字之數（分量）成反比例。故比較散文之長，詩底短的是詩的。在詩中四言比五言奧妙，五言比七言奧妙。唐李白已經說過這話，曰：『興寄深微，五言不如四言，七言又其靡也。』（孟棨本事詩高逸第三引之）這可說是名言。漁洋蓋把神韻從五言沖澹之詩裏看出，然後以之試於七言。而且好似是把五絕底趣味移於七絕，七絕底趣味移於七律的。故讀他底作品有讀七律猶如讀七絕之感。（在這點是漁洋底詩底佳處。古體有近體底趣味是其作詩的弊處。）李夢陽嘗誹何景明底七律，說『七言律與絕句等，更不成篇，』這是從篇法所見的非難，從趣味之上看，七絕底趣味不及七律可說確是因漁洋之苦心而使發達的。

八　漁洋以前的源流

溯其源流的時候，似是從唐之王維，劉長卿，（文房）韓翃（君平）等至明底程嘉燧（孟陽）而成爲一系統的。漁洋說：『七律宜讀王右丞（維）李東川（頎。）尤宜熟玩劉文房之諸作。』（淸何世璂然鐙記聞。）王維談何容易。長卿固有『五長城』之稱，而七律實淸秀柔婉，情韻楚楚；其使次安陸寄友人詩云：

新年草色遠萋萋　久客將歸問路蹊
暮雨不知涓口處　春風只到穆陵西
孤城盡日空花落　三戶無人自鳥啼
君在江南相憶否　門前五柳幾枝低

又其句——

官舍已空秋草沒　女牆猶在夜烏啼
平沙渺渺迷人遠　落日亭亭向客低」
細雨濕衣看不見　閒花落地聽無聲
日斜江上孤帆影　草綠湖南萬里情」
白馬翩翩春草綠　邵陵西去獵平原」

等，皆有風神縹緲之妙。韓翃底——

山色遙連秦樹晚　砧聲近報漢宮秋」
落日澄江烏檣外　秋風疎柳白門前」
蟬聲驛路秋山裏　草色河橋落照中」

亦在季孟之間。至程嘉燧（孟陽）是錢謙益所極力推獎的，其七律底系統存於中唐。漁洋說：『程七言近體學劉文房，韓君平，清辭麗句，神韻絕獨。』（古夫于亭雜錄，帶經堂詩話卷六引之。）今看漁洋舉爲孟陽底警句的：——

瓜步江空微有樹　秣陵天遠不宜秋」
梅殘燭盡西牕雨　雪沍香濃小閣雲」
古寺正如昏筆畫　層湖都作水田衣」
夢裡楚江昏似墨　畫中湖雨白如絲」
遠雁如塵飛水面　亂帆款葉下吳頭」
迴峯凍雨皆成雪　出霧危巒半是雲」
多年華鬢絲相似　三月春愁水不如」
磵飲斷虹明積翠　湖飛片雨亂斜陽」
羽聲變後寒風急　虹影消來白日過」
城上雪聲遊子屐　縣南風色酒人家」
嶽寺夜眠春磵雨　浦樓寒醉雪山風」

（漁洋詩話，帶經堂詩話卷十二引之。）

漁洋評論道：『不愧古作者。』瓜步，秣陵一聯眞可說是神韻獨絕，其餘管見以爲寧是屬於宋元底習氣，屬於性靈，帶俗氣的也有。漁洋底所謂『不愧古作者』其意雖不可解，但漁洋七律神韻底系統好似是從劉韓更經程而來的。由此可以知道漁洋作句的技能原非程之比。

漁洋在另一方面認識七律格調底所由其推崇王維，李頎可知。王李二人亦實是李攀龍等格調派所推崇的。漁洋在明固推李夢陽，何景明，而在明末却推屬於李何底系統的陳子龍。他嘗說明末七律有兩派，一是程孟陽，一是陳子龍，說是與程底尙劉文房，韓君平而有時染指於宋之陸務觀正反對而陳是遠宗唐之王維，李頎而近學何大復的，程之警句已記於前，陳之警句他舉下面諸聯說：

左徒舊宅猶蘭圃　中散荒園尙竹林」

九龍移帳春無草　萬馬窺邊夜有霜」

九月星河人出塞　一城砧杵客登樓」

禹陵風雨思王會　越國山川出霸才」
石顯上賓居柳市　竇嬰別駕在藍田」
禁苑起山名萬歲　複宮新戲號千秋」
四塞山河歸漢闕　二陵風雨送秦師」

觀此，固由於陳句之勝，無怪漁洋不陷於格調底膚廓而選其有風神的了。漁洋自己底作句宛然備程陳底兩面，兼帶特得的詩趣。

九　七言句神韻之例

漁洋一般作爲七言句底神韻的觀其特選的如：

白下有山皆繞郭　清明無客不思家（高季迪）
江山平遠難爲畫　雲物高寒易得秋（楊用修）

春光白下無多日　夜月黃河第幾灣（曹能始）

節過白露猶餘熱　秋到黃州始解涼（李太虛）

瓜步江空微有樹　秣陵天遠不宜秋（程孟陽）

一夜花開湖上路　半春家在雪山中（釋讀徹）

又揭他自己所作道：

吳楚青蒼分極浦　江山平遠入新秋（王漁洋）

（香祖筆記，帶經堂詩話卷三引之。）倘若許余輩挑選則漁洋所作的「

濛濛夕照開棠邑　葉葉風帆下建康」

永嘉南渡人皆盡　建業西風永自流」

晴川淼淼通槐里　秋草萋萋入茂陵」

匆匆山色溪流外　寂寂人煙麥秀中」

千年斷碣荒烟裡　一片殘春秀麥中」

廢苑人稀衰草合　諸陵秋老夕陽多」
春雨蕪城寒浪靜　夕陽京口暮山多」
懷人江上楓初落　臥病空堂雨易成」
飄零舊雨今餘幾　風雨重陽又送行」

如諸聯可說是得神韻的。這豈不是由劉文房，韓君平而入的嗎？

十　漁洋與五七言絕句

漁洋底五絕以其議論之高比較其意尙淺。至七絕則能得中晚唐與宋元之佳處，不愧對於其所主唱之說。余輩今雖非欲評論他底製作，然勢不能不說及。已經所引用的『綠楊城郭是揚州，』『一天風雪望峨嵋』『一林楓柏馬蕭蕭』固然是絕唱，還有，如再過露筋祠底——

翠羽明璫尙儼然　湖雲祠樹碧於烟
行人繫纜月初墮　門外野風開白蓮。

江上底——

吳頭楚尾路如何　烟雨秋深暗白波
晚趁寒潮渡江去　滿林黃葉雁聲多。

瓜步道上底——

佛貍祠邊若竹叢　苻融山外桂枝風
隔江暮雨秋千里　秋聽西風白下鐘。

眞州絕句底——

江干多是釣人居　柳陌菱塘一帶疎
好是日斜風定後　半江紅樹賣鱸魚。

雨中渡故關底——

危棧飛流萬仞山　戍樓遙指暮雲間
西風忽送瀟瀟雨　滿路槐花出故關。

驪山懷古底——

鸂鶒何年問上皇　野棠風折繚垣長
銷魂此日朝元閣　親試華淸第二湯。」
內殿傳呼菊部頭　梨園弟子按梁州
善才零落龜年老　渭水猶明羯鼓樓。」

等都是情韻絕佳的。更如秦淮雜詩底——

莫問萬春園舊事　朱門草沒大功坊。

淮陰卽次有作底——

拂袖卻愁東路遠　蟬聲孤驛穆陵關。

眞州絕句底——

殘月曉風仙掌路　何人爲弔柳屯田。

夜雨題寒山寺底——

疏鐘夜火寒山寺　記過吳楓第幾橋。（「記過」二字非余之所好。）

明水底——

亭山城外皆秋色　半是荷香半稻香。

亦皆有特種的風致。

十一　古詩與神韻

關於古詩。在五言古底不長的推律絕之意而得言神韻。然而不能向着七言古以當神韻之說。三昧集省去李杜的就是基於這種理由。三昧集收了七言古底不長的作品，這概是帶初唐體的，或者取了似短篇樂府的。倘若說其中有神韻則這是在廣泛的意義上的神韻而不是所謂『神韻』。他嘗說『熟看嚴羽以禪理喻詩之指選「唐賢三昧集」自知。』又繼續地說：「至於議論敍事，自別是一體，故僕嘗云：「五七言有二體：田園邱壑，當學陶韋，」一鋪敍感慨，當學杜子美北征等篇也。』（師友詩傳續錄。）大略是基於同樣的理由。（這裡所謂議論是說兼敍情敍事的，所謂敍事是指關於敍景的詩不要與尋常之語相混。）

十二　對於神韻說的臆解

（1）非翁方綱之說

劉大勤答道：『孟襄陽之詩稱格韻雙絕，格與韻之別如何？』漁洋答道：『格謂品格，韻謂風神。』（清劉大勤師友詩傳續錄。）又說：『格以高下論。』（同上。）漁洋之見格也是看作品格的。至於韻解作風神，他底『神韻』盖亦不外品格風神。

清翁方綱是漁洋底再傳弟子，黃叔琳受詩敎於漁洋，方綱更從叔琳受敎。（見方綱底小石帆亭著錄序）方綱說是欲把格調神韻兩說合爲一，至漁洋變格調而曰神韻其實卽格調而已。（復初齋文集卷八，格調論上。）又說：『新城變格調之說而折衷以神韻，其實格調卽神韻也。（同上，神韻論上。）他以爲格調卽神韻，神韻卽格調。立此說的不可不廣取『神韻』之意味；故他又說『所謂神韻非風致情韻之謂也。』（方綱坳堂詩集序）『詩有於高古渾樸中見神韻者，亦有於風致中見神韻者，不能執一以論也。』『神韻實無不該之所，有在格調中見神韻者，有在音節中見神韻者，亦有在字句中見神韻者，非可執一端以名之也。』（方綱神韻論下。）更說：『有在實際見神韻者，亦有在虛處見神韻者。』（同上。）神韻所表現的處所舉高古，渾樸，風致，格調，音節，字句，實際，虛處稱類何其多也？以余輩所見『格調』之語其意義極廣。故具某種的格調者則能說是有『神韻』。然『神韻』比較『格調』語義要狹，倘若以這用作廣泛的風神餘韻之義，雖可以看出廣的應用，然還不能以之擴大至與『格調』同一的範圍，說漁洋所附的特種的意義底『神韻決不可相當於『格調』底全局，『神韻』只是關於『格調』底某一部的。方綱雖厭神韻底限於風致情韻，然漁洋之說正可做爲限於風致情韻的。那麼說漁洋是棄『格調』的，這却不然，已如前述，他實是知道『格調』底宜注重的了。如李，何，邊，徐頗重此，唯不標榜而已，至李王底膚廓因不好格調，故避之。這可以完全知道他底區別格調與神韻了。方綱底格調卽神韻，神韻卽格調底强辯反辜負他底抬舉。格調與神韻，只知其皮相者豈能解二者底眞實義！格調與音節果宜並舉，高古渾樸果非風致其言亦甚支離。

所謂『神韻』說見三味集，漁洋自己止於以詩例示之沒有就其性質而說明的處所，余輩聊作揣摩之言。

（2）神韻說之特質

神韻說之特質可說如次：

曰：

心理狀態要平靜。正如風波淡而不起。這固非說以心之活動而一切停止，却是說各種的活動保其權衡，故能平靜。所以與那情調底亂高下的是絕對不相容的。倘若從平靜而更至於沈冥之境則愈妙。冲澹之『冲』就是指如這樣的心境的。

曰

外界底境遇要廣而且遠。例如立於平野或湖面望遙遠的距離一樣是近於神韻之境的。如由下而望高山之頂由上而瞰深溪之底雖與神韻不相反，但神韻寧可選擇平面的，漁洋好『江山平遠，』『秣陵天遠』等就是爲的這個罷。

曰：

物象雖不拒絕其分明的但却適於稍稍茫昧的。所謂『吳楚青蒼，』所謂『濛濛夕照』所謂『晴川淼淼』所謂『秋草萋萋』皆是意義稍帶茫昧的。

曰：

關於時的是春或秋。而以春比較秋好，以夏比較冬好。以晝比較夜好，以晴比較雨好，以暖比較寒好。一日之中以日之眞盛比較要算朝暮爲好。所謂『初日郢門山，』『夕陽京口暮山多』之類是。

曰：

凡程度貴不高的。在明白地認得的以大的比較是貴小的。以穠厚的比較是貴淡泊的。關於諸事都是消極的。『瓜步江空微有樹，』『微雲淡河漢；』『松際露微月，』漁洋愛『微』字也許是此意。冲澹底『澹』字之意卽是賞美其程度不激烈而淡泊的處所。

曰：

忌表示力之猛烈的活動，而須要溫和的。而以縱有活動殆等於靜止的爲貴。如『葉葉風帆下建康』就是其例。故與雄大，悲壯，等不相容。此點與那以『格調』爲主的極其貴力底表現的不同。

曰：

淸遠。

漁洋嘗說：神韻二字出於汾陽之孔文谷（天允。）孔之說曰：『詩以達性，然須以淸遠爲尙，薛西原（明薛蕙）之論詩，獨取康樂（謝靈運）王摩詰孟浩然韋應物，云：「白雲抱幽石，綠篠媚淸漣（謝靈運過始寧墅詩）是淸；表靈物莫賞，蘊眞誰爲傳。（前人登江中孤嶼）是遠；何必絲與竹，山水有淸音，（左思招隱，）景仄鳴禽集，水木湛淸華，（謝混遊西池）是淸與遠兼之也。」（亦見於明胡應麟底詩藪外篇二）總之，其妙在神韵矣。』漁洋說：『神韵二字予向論詩，首爲學人拈出，先不知見於此。』偶北偶談，帶經堂詩話卷三引之。）續韵二字不待孔天允，前人已用之。但合於漁洋之意的蓋是見於此。看了漁洋底贊成孔說則神韵之屬性是要淸與遠了。淸似是指物象底分明與詩思底高潔。據以「白雲抱幽石，綠篠媚淸漣」爲淸，以「景仄鳴禽集，水木湛淸華」爲兼淸與遠推起來，那「明月松間照，淸泉石上流」也許是淸，「白下有山皆遶郭」「一夜花開湖上路」「半江紅樹賣鱸魚」等也許都是淸哩。

遠，物理底距離之遠也是遠，如前面所說的沈溟之境，茫昧之境，溫和之境，皆並感覺遠。所謂雋永超詣亦是遠。遠蓋占神韵底大部分。遠已包含於前數項所記，無須別揭；以漁洋贊成「神韵是兼淸遠的」之說故附記於此。

曰：

不卽不離。

這是漁洋借佛典之語以形容詩境的辭。『嚴儀卿（羽）所謂，如鏡中花，如水中月，如水中鹹味，如羚羊掛角，無跡可求，皆以禪喻詩，內典所云，不卽不離，不粘不脫，曹洞宗所云參活句是也。熟看拙選唐賢三昧集自知之矣。』（師友詩傳續錄。）如世俗所謂「如夢」所謂「恍惚」有似此境。不拘泥於物象，不拘泥於心意，如遊於物心之契合與主容之相觸中間，這似是所謂不卽不離了。

漁洋從王裴等底五言詩而了悟其詩境，並以之及於七言。以此境就王裴等而說得相得。自己底五言詩，恐未必達其境。至七言則漁洋所作很能發揮此境。漁洋之爲漁洋蓋在此。「一林風柏馬蕭蕭」「一天風雪望峨眉」「蟬聲孤驛穆陵關」「門外野風開白蓮」皆是此境。

這等是關於稱爲神韻的詩趣所覺到的愚見。可說是含有神韻（不止廣泛的風神餘韻底意義）的詩都是含有這等的意義的。然這能數鑑「神韻」底特質與否，依着此等諸件直能得到神韻與否，這是事實問題。余不自安，甚望世之深解「神韻」的人士加以垂教也。

十三　漁洋與古詩聲調之說

世或據漁洋有古詩平仄論，以論古詩底聲調（平仄）而以漁洋為格調派的人。這是錯的。格調派已如前說是起於明之李何李王。格調底意義甚廣。因漁洋也容納格調之說而以他為格調派也許可以說，然據漁洋之特色說來寧可說是神韻說底開祖。漁洋說古詩底聲調，故非格調派，然也重格調說；故作為其一部分而對於古詩底聲調也顧及的了。倘若從詩派看來唱古詩底聲調的，不是明之格調派，卻是其反對派。漁洋跨兩派故也傳受了古詩底聲調。茲把聲調說底系統圖示如左。

馮班——————————————————————趙執信
　程嘉燧——吳偉業——王士禛（漁洋）——┘
　錢謙益——┘

在明末至清初間虞海有馮班（鈍吟）其人究古詩底聲調，和其說的同時有錢謙益（牧齋）和程嘉燧，（孟陽，）由程嘉燧傳於吳偉業（梅村。）漁洋是從錢吳二家受詩的，故因而其說傳於漁洋。然漁洋心領而未公言，至漁洋之女壻趙執信著聲調譜論之。趙之說基於馮王。後更發生諸家之說。

今於此說古詩底聲調如何，非余之目的，但在後面所說的袁枚底詩論將及於聲調說，故聊發端於此。

第五章　論性靈之說

一　漁洋沒後的詩論家

王漁洋沒於康熙五十年。其後在詩論裏爲一世之重者爲沈德潛（康熙十三年生，乾隆三十五年卒）及袁枚（康熙五十五年生，嘉慶二年卒。）沈與袁年齡之差四十餘，而同是乾隆四年底進士。

二　沈德潛及其詩說

沈德潛底立脚地可說是溫和的格調派，爲採用格調神韻二說底善的部分的人。他選唐詩別裁集（康熙五十六年）有『大約去淫濫以歸雅正』之語。此語即明陳子龍底明詩選底序中之語。德潛所著說詩晬語（雍正九年）中說：『司空表聖云：不著一字，盡得風流，采采流水，蓬蓬遠春；嚴滄浪云：羚羊掛角無跡可求；蘇東坡云：空山無人，水流花開；王阮亭（漁洋）本此數語定定唐賢三昧集。』接着又說『木玄虛云：浮天無岸；杜少陵云：鯨魚碧海，韓昌黎云：巨刃摩天；惜無人本此定詩。』（說詩晬語卷下。）前者是神韻說所據的處所，後者稱力之雄大，是格調派所據的處所。德潛底參取這兩面見於唐詩別裁集重訂序（乾隆二十八年作。）他選明詩別裁集（乾隆三年）選淸詩別裁集（乾隆二十四年）其標準自晬語以來不變。德潛於乾隆四年六十七歲始成進士，十年進詹事，召對歷代詩底源流升降。進其詩集乾隆帝並賜之以序，其還鄉時並賜以詩，賜官禮部尙書之銜，又加太子大傅，極詩人之榮寵。以這樣的人持如那樣的溫和說，可說爲詩壇表示一種好標的。這時後輩有錢塘人袁枚起而反對王士禎沈德潛之說。

三　袁枚，其生活狀態

袁枚（子才，簡齋，隨園）是乾隆四年進士，爲庶吉士，然以不嫺滿州字出知江南縣，是蓋其終生不平之因。他於乾隆二十年以後，在江寧城西小倉山下關隨園居之。『疏泉架石，葺爲四十四景，窗牖皆用五色琉璃，遊人闐集，時吳越老城凋謝，子才來往江湖，從者如市。太邱道廣，不論貲郎蠢夫互相酬和，又取英俊少年著錄爲弟子。授以才調等集，挾之以遊於東諸候，更招士女之能詩畫者十三人繪爲授詩之圖，燕釵蟬鬢，傍柳隨花，問業於前，而子才白鬚紅舄，流眄傍觀悠然自得，亦以此索當塗之題句，於是人爭愛之，所至延爲上客，適館授餐，而子才又擇其精饌彙作食單，梓以行世，故三十年中掃門納屨爲向來名人所未曾有。』（王昶湖海詩傳）可以察其本能的生活底狀態了。

四　袁枚性靈說底大要

隨園底詩說歸於所謂『任性情之流露而自由逃出不受一切形式法則之束縛，不嘗古人之糟粕，以清新機巧行之，是爲眞詩。』其說卽稱爲『性靈』之說。盖取貴性情底靈妙的活用。孫星衍嘗贈他詩云：『等身書卷著初成，絕地通天寫性靈，我覺千秋難第一，避公才筆去研經。』卽是說避他底詩鋒以逃於考證學的意思。使孫說才筆，說絕地通天寫性靈他底說是如何，可以知道了。

五　袁枚，詩觀底源流

隨園說：『詩音節清脆，如雪竹冰絲，非人間凡響，皆由於天性使然，非由學問。在唐青蓮一人而溫飛卿繼之。在宋有楊誠齋，元有薩天錫，明有高青邱，本朝繼之者其惟黃莘田（黃任永福人，康熙四十一年舉人。）乎！』（隨園詩話卷九，以下省稱詩話。）這略足以窺見他底嗜好底所在了。

楊誠齋底七絕初夏午睡起底——

梅子留酸軟齒牙　芭蕉分綠與窗紗

日長睡起無情思　閒看兒童捉柳花

遊翟園底——

柳條老去尚青鮮　下有淸渠達野田

波面落花相趁走　避風爭泊岸傍邊

探梅底——

一樹梅花開一朶　惱人偏在最高枝

松陰小憩底——

青松數了還重數　只是從前八九株

露珠走下青秧葉　不到梢頭便肯休

暮行田間底——

今取其不走極端者，可見他底擇境遇底卑近而務弄奇巧了。隨園說『余不喜黃山谷，而喜楊誠齋。』（詩話卷八）又說『誠齋爲一代作手，談何容易。』（同上）可知其推服的程度，而性靈之說實是從誠齋發生的。

六　性靈說與楊萬里

隨園引誠齋之言說：『楊誠齋曰　從來天分低拙之人，好談格調，而不解風趣，何也？格調是空架子，有腔口易描，風趣專寫性靈，非天才不辨。』他說是深愛此言，接着述自己底見解道：『須知有性情則有格律，格律不在性情之外。三百篇半是勞人思婦，率意言情誰爲之格？誰爲之律？而今談格調者能出其範圍否耶？況皐禹之歌，不同三百篇，國風之格不同雅頌，格豈一定耶？許渾云：「吟詩好似成仙骨，骨裡無詩莫浪吟。」詩在骨不在格也。』（詩話卷一。）讀者如此須避用語底混同，風趣，興趣等在漁洋看作神韻，與所謂性情同樣解釋是對於學問而用的。誠齋是以風趣寫性靈，隨園承之而說作性靈，又說作性情，性情之語雖一而其意義是各人所見不同的。格律既弄成所謂格調，爲欲打破格調不能不說『除却性情沒有格調』了。骨，通例也是關於力而說的，在這地方隨園似是稱其所謂性情的根本基礎的，詩要有這種的根本。格是非其所重的。

七　以外的祖系

楊誠齋是隨園在宋詩裏所相見的性靈底祖系。更有一個祖系就是晚唐底溫庭筠。庭筠是與李商隱並稱爲作典贍穠麗的詩的。五代時在蜀有韋穀者，編才調集，其中多收關於閨房之作，溫李之作亦在其中，一般所取的詩風是才調翩翩的；王漁洋底十種唐詩選，在本集序裏所說『專尙風調』即是。明末厭棄李王底格調，有馮舒，馮班兄弟於才調集加以評行於世，兼之在宋初學溫李，繼承西崐派，而與其時的學江西派（黃山谷派）的相對。隨園底授才調集於其弟子蓋亦是採取閨房之作與才調翩翩的。

其推薩天錫，高啓，黃任的是愛其輕俊而不莊重，殆是以愛才調集底眼光臨之的。

八 性靈說與袁宏道

隨園著詩話而記其所崇奉的前代底作者及詩說底依據。其中雖一言也不及而其說之大有據於此者。是爲明末底袁宏道（中郎。）中郎底兄弟是排斥李王底膺廓，而取中晚唐宋元之詩。中郎駁李何李王底『文是秦漢詩是盛唐』之說道：『文準秦漢矣，秦漢人曷嘗字字學六經耶？詩準盛唐矣，盛唐人曷嘗字字學漢魏耶？使秦漢而學六經，則豈復秦漢之文哉？使盛唐而學漢魏，豈復盛唐之詩哉？唯夫代有升降，而法不相沿，各極其變，各窮其趣，所以可貴原不以優劣論也。』（袁宏道敍小修詩。）又論到時代，個人，與其不模倣前代前人說道：『大低物眞則貴，眞則我面不能同於君面而況古人之面貌耶？唐自有詩不必選體，初，盛，中，晚自有詩不必初，盛。從李，杜，王，岑，錢。劉以下至元，白，盧，鄭都各自有詩不必李杜；趙宋亦然，陳歐蘇黃諸人，有一字襲唐者耶，又有一字相襲者耶。至其不能爲唐殆是氣運使然，猶唐之不能選，（文選體）選之不能漢魏耳。』（袁宏道與丘長孺書。）且有時極端推宋元而排斥其餘，說：『世人喜唐，僕則曰唐無詩；世人喜秦漢，僕則曰秦漢無文；世人卑宋而黜元，僕則曰詩文在宋元諸大家。』（袁宏道與張幼于書。）甚至稱揚蘇東坡是『詩之神也。』（與李龍湖書。）固然語雖失於過激，然其推宋元而排斥摹倣漢魏盛唐是很顯著的。所謂歷代法不相沿，各窮其趣而不可立優劣，所謂各代各人自有其詩一字不相襲這可以說是包有隨園底蔑視時代之見，蔑視形式之見，自己發揮之見了。宏道敍其弟小修之詩而譽之說，『獨抒性靈，不拘格套，非從自己胸臆流出不肯下筆。』已經以『性靈』底文字與『格套』相對使用，隨園底多辯，一言不及袁宏道果何故耶？

在本邦（譯者按：指日本）奉李王的是物徂徠及其門下，奉袁宏道的是山本北山及其門下。北山嘗說，『清新性靈四字是詩道底命脈，倘不模擬剽竊則必清新性靈，不清新性靈卽模擬剽切，故以于鱗（李攀龍）中郎（袁宏道）分成詩道底大鴻溝。』（作詩志彀坤卷。）

九 隨園底詩說

(1) 詩應本於性情

隨園以爲詩底生命只有性靈，古今底好詩只是得性靈的，說：『從三百篇至今日，凡詩之傳者都是因於性靈不關堆䂊。』（詩話卷五）又說：『詩是人之性情，近取諸身足矣。』（詩話補遺卷一○）即是說性靈不用馳於高遠，可近取諸卑近的意思。他又知道借古典聖賢之說以飾己說的中國底慣例，他爲了他底詩論，借用虞舜之言說：『千古善言詩者莫如虞舜，舜使夔典樂，曰：詩言志，說詩之必本於性情也；曰歌永言，說歌之不離本旨也；曰：聲依永，說聲韻之貴悠長也；曰：律和聲，說音之貴均調也；知是四者詩之道盡之矣。』（詩話卷三○）所謂性情元不外隨園流的性情，聲律，元不外隨園流的聲律。他亦以爲詩經之中國風在雅頌之前是因國風近於性情的原故，他底詩集以七絕冠首，說是就是汲取此意的。（詩話補遺卷二。）

（2）詩要有我

發揮性靈之說，有所謂『人各顯其個性，我有他人可不有』之論。說『凡作詩者各有身分，亦各有心胸。』（詩話卷四。）又說『詩有人無我是傀儡也，』（詩話卷七）是誠名言，據自己底工夫以顯著一種特色的精神是可賞贊的，這種意思處處可見。如『人閒居時一刻不可無古人，落筆時一刻不可有古人；平居有古人，學問方深，落筆無古人而精神始出。』（詩話卷十。）『爲人不可以有我，有我則自恃很用之病多，孔子所以無固無我也。作詩不可以無我，無我則剿襲敷衍之弊大，韓昌黎所以惟古于詞必已出也。北魏祖瑩云。文章當自出機杼，成一家風骨，不可寄人籬下。』（詩話卷七。）以及『竟似古人，何處著我』（袁枚續詩品著我。）都是同樣的意思。

（3）詩只宜論工拙

眼中無古人都是從自己底性情發出而來的。故說『詩無一定的標準，唯取其工。』又說『論詩只論工拙，不論朝代，』（詩話卷十六，引徐嵩之語。）又引蘇東坡之言說：『東坡云：「作詩必此詩，定知非詩人」此言最妙，然須知作此詩而竟不是此詩則尤非詩人矣。其妙處總在旁見側出，吸取題神，不是此詩恰是此詩。』（詩話卷七。）豈非所謂詩之妙不可偏執者耶！是詩爲蔑視時代。詩爲非守一格也。

以上是論詩說之大體，更有關於作法上的。總錄於此。

(4) 詩談數則

隨園論詩之語，關於作法的其主要的如此。

曰：以意爲主以辭彩爲奴。

『吳西林云：詩以意爲主，以辭彩爲奴。苟意思不能作主，則主弱而奴强，』（詩話卷二〇）他擬司空圖底二十四品而作續詩品（有三十二品）在那中間的崇意裏說『何今之人，多辭寡意，意似主人，辭如奴婢，主弱奴强，呼之不至。』

曰：意精深語平談

他說，『漫齋語錄曰：「詩用意要精深，下語要平談。」余愛其言，作一詩每往往改至三五日，或過時又改。何也？求其精神是一半工夫，求其平淡又是一半工夫。非精深則不能超超獨先，非平淡則不能使人領解。』（詩話卷八）在續詩品底滅跡裏稱賞白居易道：『白傅改詩，不留一字，今讀其詩，平平無異，意深詞淺，思苦言甘，寥寥千年，此妙誰探。』又引姜白石之語說，『姜白石云：人所易言，我寡言之，人所難言，我易言之，詩便不俗。』也是同樣的意思。

曰：消化材料，不可丸吞。

『或問詩既不貴典，何以少陵有讀破萬卷之說？（杜詩讀書破萬卷。下筆如有神。）不知「破」之一字與「有神」之二字全是教人讀書作文之法，蓋破其卷而取其神，非囫圇用其糟粕也。蠶食桑而所吐者絲也非桑也，蜂採花而所釀者蜜也，非花也；讀書如吃飯，善吃者長精神，不善吃者生痰瘤。』（詩話卷十三。）

曰：用典故要無痕迹，不宜用僻典

『宋人好附會名重之人，稱韓文杜詩無一字無來歷，不知此二人之所以獨絕千古者，轉妙在於沒來歷。』（詩話卷三。）

『用典如鹽著水中，但知鹽味，不見鹽質，用僻典如請生客入座，必需問名探姓，使人生厭。』（詩話卷七。）

曰：寫景易，言情難

『凡作詩，寫景易，言情難。何也？景從外來，目之所觸留心便得；情從心出，非有一種芬芳悱惻之懷，便不能哀感頑豔，然亦各人性之所近。』（詩話卷六。）

（觀此言可知隨園之對於寫景，了解其妙處之淺。此項雖與作法無關係，但也附記於此。）

十　隨園對於諸派的攻擊

隨園以性靈之說出發，與己異則縱橫攻擊。他之說善在於排斥其崇奉的以外的一切傳承的諸派。做他底敵人的大約有五：其一是格調派，其二是神韻派，其三是溫和的格調派，其四是典故派，其五是聲調派，還有一種不足稱爲派的，雖欠妥當姑假定爲矢口派。

（1） 對於格調派

格調派，主要的就是對於明之七子。他以爲七子學唐僅得其皮相而失其精神。說『人悅西施而不悅西施之影，明七子之學唐是西施之影也。』（詩話卷五。）他又關於七律取譬宮室，盛唐唯定大體底規模而已，室房裝飾等從中晚唐至宋元而備，說及七子說，『七律始於盛唐，國家締造之初，如宮室粗備，故不過樹立架子，創建規模而已。而其中洞房曲室，網戶羅窗，尙未齊備，至中晚而始備，至宋元而愈出愈奇。明七子不知此理，空想挾天子以臨諸侯，於是空架雖立，而諸妙盡損矣。』（詩話卷六。）

格調派是承認時代的特色的。是承認個人特色的。承認其特色故有某時代的格調與某人的格調。隨園說詩有工拙而無古今，是撤去時代底區別的。他嘗說『夫詩無有所謂唐宋也，唐宋一代之國號耳；與詩無與也。詩只是各人之性情，與唐宋無與也。若拘拘焉持唐宋以相敵，是于胸中有已亡之國號而無自得之性情，詩之本旨已失矣。』（袁枚答施蘭垞書，見小倉山房文集。）可見他是以爲拘疑於時代的必與性情相妨害的。他又嘗以或人說趙翼之詩不合唐格而攻擊格調說：『或惜雲松（趙翼字）詩雖工而不合唐之格，余尤謂不然，夫詩寧有定格耶？國風之格不同雅頌，皋禹之歌不同三百篇，漢魏六朝之詩不同三唐，談格的將奚從爲？善哉楊誠齋之言曰：「格調是空間架，拙人最易籍口，」周櫟園之言曰：「吾爲何李之格調非不能悅世也，但多一分的格調者必損一分的性情，故不爲也。」』（袁枚趙雲松甌北集序。）惟此論稍奇異，『國風之格不同雅頌，』『漢魏六朝之詩不同三唐』等語，反面豈不就是說國風雅頌各有其格，漢魏六朝三唐亦各有其格嗎？所謂『無定格』『讀格者將奚從，』卽因時代不同而承認其有不同的格了。這向着『奉漢魏盛唐底格調』的格調派，是無關痛癢之言。唯隨園以此敷衍『有工拙而無古今』之說誤現破綻，所謂『多一分格調則損一分性情』似是其主旨底所在了。他又有『自格律嚴而境界狹矣，議論多而性情漓矣』（詩話卷十六，）之語，爲使流露性情怎樣，格調是狹窄哩！

由隨園底眼光看來，詩不可不有性情靈活活的處所，所謂不可不有『一種芬悱惻不懷』這是他底眞的處所，這是一切外形主宰的處所，不從此種眞的處所出發的則是僞，則是佯，故曰：筆性靈時寫忠孝節義俱有生氣；筆性笨時雖詠閨房兒女亦少風情。（詩話補遺卷二○）又說：『古人文章俱非得已。僞笑佯哀，吾其優矣，畫美不寵，繪蘭不香，揆厥所由君形者亡。』（袁枚續詩品葆直。）在他以爲明之七子摹擬成爲倡優，是失掉眞的處所的。

（２）對於神韻派

對於神韻派，卽對於王漁洋而說的。隨園以爲漁洋缺乏氣魄，又乏性情，唯主修飾而無眞情，宛如一良家之女。他說：『七子爲李崆峒（夢陽）雖無性情，尚有氣魄，阮亭（漁洋）氣魄性情，俱有短所。』（詩話卷四。）又說『先生（指漁洋）才本淸雅，然氣少排奡，爲王孟韋柳有餘　爲李杜韓蘇則不足。』（詩話卷二。）又說：『阮亭主修飾，而不主性情，觀其所到之處必有詩，詩中必用典，可以想見其喜怒哀樂之不眞也。』（詩話卷三。）他又嘗賦詩云：『淸才未合長依傍，雅調如何可詆諆；我奉漁洋如貌執，不相菲薄不相師。』又云：『不相菲薄不相師，公道持論我最知，一代正宗才力薄，望溪文集阮亭詩。』方望溪目爲桐城派底正宗，阮亭在詩也是目爲正宗的，而二人都以氣魄薄見誚。宋荔裳（琬）以漁洋比之女子，說『絕代銷魂王阮亭。』隨園評論道：『阮亭先生非女郎，立言當使人敬，使人感且興，而不必使人銷魂也。然郎以銷魂論，阮亭之色亦並非天仙化人使人心驚者，不過如一良家之女，五官端正，吐囑清雅，又能加以宮中之膏沐，薰以海外之名香而已，雖傾動一時，原不爲過。其修詞琢句，大概是捃摭大曆十子，宋元諸家，取彼碎金，成我風格，不至於沾沾於盛唐以蹈七子底習氣，在本朝自當算爲一家之數。奈何歸愚子（沈德潛）遜奉若斗山，璵沙（錢）心餘（蔣）棄之若芻狗，余以爲皆過也。』（詩話卷三）隨園之意，以漁洋看作漁洋不失之貴，亦不失之賤。論漁洋底製作的言在某點是極中肯綮的。

隨園又以爲神韻可備詩中的一格，對於近體短章很適合，至七言長篇，五言百韻等未必適宜，（詩話卷八大意。）是亦可說是言之成理。

大體隨園所言止於說漁洋底能力，製作，應用神韻說的時際底適不適　不　非難神韻說那東西。就令縱有非難的意思，但也沒有非難的理由。

（3）對於溫和的格調派

溫和的格調派卽是對於沈德潛而說的。沈是承認格調與神韻底長所而採取其說的。

沈德潛嘗誚浙江底詩，說是沿宋之習敗唐之風的以厲樊榭爲厲階。隨園贈書於沈嘗謂詩有工拙而無古今述自己底蔑視時代底區別，說：『唐人學漢魏而變漢魏，宋學唐而變唐其變也非有心於有於變也，乃不得不變也，不變則不足以爲唐，不足以爲宋。子孫之貌莫不本於祖父，然變而美者有之，變而醜者亦有之，若必禁其不變，雖造物亦有所不能。先生許唐人之變漢魏，而不許宋人之變唐，惑也。』又說：『變唐詩者宋元也，然學唐詩的莫善於宋元，莫不善於明七子。何也？當可變而變時其相傳者心也；當可變而不變時其拘守者迹也。鸚鵡雖能言，而不能得其所以言者夫非以迹耶？』（袁枚答沈大宗伯論詩書。）宋元之詩果是棄唐之迹而得其心的與否是別一問題，隨園正是如是想，或者是如是主張的。沈德潛寧可說是重唐詩者，故隨園以他時代蔑視論對之也。

隨園對德潛的以外的爭論，是關於德潛底選詩底拘泥於名數論。

德潛在淸新別裁集底凡例裏說『詩之爲道，不外孔子敎小子敎伯魚數言，而其立言一歸於溫柔敦厚，無古今一也。』又說，『詩必原本性情，關乎人倫日用，及古今成敗興壞之故者方爲可存，所謂其言有物也。若一無關係，徒辨浮華，又或叫號撞搪以出之，非風人之旨美。尤有甚者，運作溫柔鄉語，如王次回疑雨集之類，最足害人心術，一概不存。』此意德潛似嘗於與隨園的書中說及的。（但查沈歸愚全集未發見。）故隨園在在答沈大宋伯論詩書說『所云「詩貴溫柔，不可說盡，又必關係人倫日用，」此數語有褒衣大袑氣象，僕口不敢非先生，而心不敢是先生。』沈德潛固非以道學的底詩爲詩的，然以爲必關於『人倫日用』與『古今成敗興壞之故』的方爲可存，從隨園看來是非常狹隘而依然不免儒者臭的。關於此點隨園猶取面從腹非的態度，至關於王次回（名彥泓，明末淸初人。）底詩的一節，非難遂及於言詞了。王次回底疑雨集，固是關於閨房的詩，是一種豔詩，卽德潛所謂溫柔鄉之語，從德潛底名敎論方面看來是有害於人底心術的，是以不採。然豔詩溫柔鄉裡之語是隨園非常嗜好的，他焉能沈默呢？隨園對於德潛的利用聖人也說：『豔詩宮體，自是詩家一格，孔子不删鄭衞之詩，而先生獨删次回之詩不已過乎！』（袁枚再答沈大宗伯書。）又說：『夫關雎卽豔詩也，以求淑女之故，至於展轉反側，使文生於今，遇先生危矣哉！』（同上。）以文王孔子爲前鋒，這手段德潛也許不能禁其苦笑哩。

（4）附隨園與豔詩

隨園以關雎之詩爲豔詩，是强辯的。然儒者之名敎論過狹。儒者底要人孔子在詩經中多存情歌。孔子底删詩與否雖是問題，然大部分是保存的，只過於鄙褻的卽刪去，這說信為妥當。且孔子自己也坦然引用情歌以充講學的譬喻，（如論語子罕篇所引唐棣之華）如俗儒所言倘廢了情歌，則詩歌底大部分都應滅卻，詩經以後古詩十九首中的或者，後漢及魏並有艷麗的情歌。且所謂艷詩宮體，至梁之蕭綱（簡文帝）徐摛父子而有其名。這與其說是誠實地歌詠男女相思之情，毋寧說是傾向於假設關於閨房的題目遊戲地賣弄綺艷的文字的。在唐有元，白，溫，李，及韓偓，偓因有香奩集，故有『香奩體』之稱，這就是艷詩。至偓雖愈加成為遊戲，然還不至於失墜品格。後世學他的往往流入於浮薄鄙褻了。

沈德潛之王次回之詩為『害人心術的溫柔鄉之語』而隨園則激賞『香奩詩，本朝王次回稱絕調』（詩話補遺卷三。）王次回底詩怎樣，其一在個儂裏說：

昨夜香迷畫燭樓　並頭雙影在銀甌
枕稜墜髻欹郎綰　衣釦零珠倩姊收
酒暈暗騰烘玉頰　睡情纔上斷星眸

曉堂重見矜嚴甚　囘憶狂歡似夢遊

蓋是宿於妓館的翌日所詠。他底詩句如『難藏靨暈依微笑，已露眉灣黯澹愁。』『柔腸拚與冠纓斷，密緒原先履舄交』『杯行醉按紅酥手，燭滅狂探軟玉鉤』『風度枕函聞暗麝，月穿衫縷見凝酥。』『隣娘瞥見移燈景，侍女遙疑動釧聲，殘燭解衣敎緩緩，重幃低語囑輕輕』『未形猜妬思猶淺，肯露嬌嗔愛始眞』都是寫偎香倚玉的冶態，猜妬嬌嗔的柔情的。這是隨園所稱的絕調。

隨園又稱那足與王次囘相抗的他底兄弟袁香亭底無題詩。其一云：

惺惺最是惜惺惺　擁翠偎紅雨乍停
念我驚魂防姊覺　敎郎安睡待奴醒
香寒被角傾身讓　風過窗欞側耳聽
天曉餘溫留不得　隔宵密約重叮嚀

其他的詩句如『倚燭笑看屏背上，角巾釵索影先交』『枕衾先自留虛席，衣釦遲郎解內重』『親舉纖纖假頰看，分明不是夢中逢』『形迹怕教同伴妬，囑郎見面不相親』等都是。一幅洞房春色之圖比王次囘其色更加濃厚。這是隨園所稱『皆妙』的處所。

所謂情歌，所謂豔詩，非可一概排斥，非可一概以之爲耽溺。必就其實例以審查其情之誠實的程度，與表示的形式如何，然後纔能決定其文學上的價值。有時在道德風教上雖不可爲訓的而在文學上甚有價值，古今東西不少此例。一般說來，沈德潛之見似不及，袁枚之見似太過。僅就王次囘底詩而論，我是贊成沈叟的。

（5）對於典故派

對於典故派已在前說了一端了。要之是排斥堆粲材料而無運用的，非絕對地排斥用典，用典底失之多的是唐李商隱以來之弊，尤其是對於淸朝詩人，受了考證學風底影響，作如語類字典一樣的詩非常排斥，他嘗說詩底三病其一就數『塡書塞典，滿紙死氣而自誇淹博者。』（詩話補遺卷三。）又說『詩文妙處，全在於空，』並引嚴冬友之言以贊成之，引范景文底對床錄以爲例，而誹評李義山底人曰詩爲『塡砌太多，嚼嚼無味。』（詩話卷十三。）

（6）對於聲調派

（a）關於趙執信底古詩平仄說

聲調派卽對於趙執信之徒而說的。趙執信（飴山）著聲調譜述關於馮班王士禎以來稱爲傳法的古詩底聲調（平仄）之說。古體詩可別爲五言古詩與七言古詩，七言古詩依押韻底種類可分爲平韻到底格，仄韻到底格，及平仄換韻格。凡詩概以二句爲一組。以其出句叫做單句，或出句，相承的句說作雙句，落句或對句。七言古詩在平韻到底格出句第二字須是平，第五字須是仄。第四字仄第五字仄都無妨，若第五字用平則第六字爲仄，其形式如：——

一二三四五六七

一一一一一一一

⦶○⦶⦶●⦶⦶

或 ⦶○⦶●●⦶⦶

或 ⦶○⦶⦶○●⦶

又有例外如左所示的：

⦶⊖⦶●○⦶⦶　　（⊖）是平仄有異論的。

在這種格裏落句第四字要仄第五字要平，第三字仄第四字仄都無妨，第二字平

仄有異論，那一種都可以，示之以形則如

⦶⊖⦶●○⦶○ 平韻

或

⦶⊖●●○⦶○ 平韻

或

⦶⊖⦶●○○○ 平韻

出句落句大要是依據這幾樣的形式，不從這形式的，務不爲律句（卽說從近體詩底平仄底規則的句，卽用於律詩絕句的句，二四不同二六對之類）僅於不得已之際用之。

出句底第二字與第五字平仄相反，落句底下三字三平相連這是通例，因而配合出句落句二者的形式底通例是：

出句 ⦶○⦶⦶○⦶⦶ 通例仄字

落句　⦶⊖⦶●○○○

七言古詩在仄韻到底格出句與落句其第二字等五字平仄相反是通例。有時不妨雜以律句，其形式是——

或——
出句　⦶●⦶⦶⦶⦶⦶
落句　⦶○⦶⦶○○●　仄韻

或——
出句　⦶○⦶⦶⦶⦶⦶
落句　⦶●⦶⦶⦶⦶●　仄韻

或——
出句　⦶⦶⦶⦶●⦶⦶
落句　⦶⦶⦶⦶○⦶●　仄韻

或——

出句 ⦶⦶⦶⦶○⦶⦶

落句 ⦶⦶⦶⦶●○●┐仄韻

七言古詩平仄換韻格也無妨用律句。

關於五言古詩趙執信以爲在平韻詩裏宜以

出句 ⦶⦶●○●

落句 ⦶⦶○○○

爲定體，或：——

出句 ⦶⦶○⦶⦶

落句 ⦶⦶●○○

也可以。以外還說（一）避忌律句，（二）出句與落句底平仄，宜用救拯之法（所謂救拯在單雙兩句相對應的字，宜用異聲的字，或因平仄底多寡而互相補救）使適合音節。

古詩底平仄底大略如上所說，然至用歌行，長短句之體却不必以如此的規則去論；關於五言古詩，翁方綱決非以趙執信所說的作根據，却是隨感情底發洩以成自然的音節的。

（b）隨園底失笑

隨園底自由主義，論到古詩聲調之說，直笑其不足取。其言曰：『近有聲調譜之傳以爲得自阮亭，作七古者奉爲祕本。余覽之不覺失笑。夫詩爲天地元音，有定而無定，到恰好處，自成音節，此中微妙，口不能言，試觀國風雅頌，離騷樂府，各有聲調無譜可塡。杜甫王維七古中平仄均調，竟有如七律者，韓文公七字皆平，七字皆仄，阮亭不能以四仄三平之例縛之也。倘必照曲譜排塡，則四始六義之風掃地矣。此阮亭之七古，所以如杞國伯姬不敢移那半步。』（詩話卷四）是古來詩騷賦樂府自有聲調無譜可塡，亦到恰好處既自然成音節，則不待塡譜了。歎詩流三病其一就是指『近又講聲調，圈平點仄以爲譜。嚴戒蜂腰，鶴膝，叠韻，雙聲，栩栩然矜爲獨得之秘。』

(7) 對於矢口派

矢口派不宜特別說作一派，是說隨口而出，臚列文字的，詩流三病之中其一就是全無蘊藉，矢口而道自矜爲眞率的。

以上是對於從格調派至矢口派爲止的議論，隨園底攻擊他派，甚妙地，對於各各底弊病都能中的。然而隨園底詩眼果是達於何等之點那要就實例考察一下纔明白了。

十一　隨園談詩的實例

隨園舉蘇東坡底『作詩必此詩，定知非詩人，』之句而贊同之，並說詩之不可偏執，語其詩例，曾說：『自古梅花之詩佳者多。馮鈍吟云：「羨他清絕西溪水，才得冰開便照君，」眞前人所未有也。余咏蘆花詩頗刻劃，劉霞裳云：「知否楊花翻羨汝，一生從不識春愁。」余不覺失色。金壽門畫杏花一枝題云：「香驄紅雨上林街，牆內枝從牆外開，惟有杏花眞得意，三年又見狀元來。」咏梅而思至冰，咏蘆花而思至楊花，咏杏花而思至狀元，皆是從天外落想，焉得不佳。』這是貴意匠之巧。

隨園以安慶底詩人李嘯村，(葂)魯星村(璸)目爲二村，爲安慶詩人之最。舉魯之句云：『久客神常倦，還家似在舟。』『鳥散雲辭雪，烟消山到門。』『風竹不留雪，冰池時集鴉』又云：『雀浴乘冰缺，』是五言；七言云：『舟行忽止冰初合，臉暗還明月未沈，避雪野禽低就屋，忘機小鼠漸親人。』舉李之七言云：『馬齒坐叨人第一，蛾眉臉對月初三。』『賣花市散香沿路，踏月人歸影過橋。』『春服未成翻愛冷，家書空寄不妨遲。』對於魯李底這等詩句，他評道：『皆獨寫性靈，自然清絕，腐儒以雕巧輕之，豈知鈍根人正當飲此聖藥耶！』（詩話卷六。）看了這些句子決不可以說是雅奧或幽深。却是境遇取諸卑近而以平易之語行之的。其關於自然叙景就日常耳目所觸而加以少許的考究寫出，如雀浴鼠親之句有時是經過雕巧的。關於人事的如久客還家及春服家書二聯，就日常經驗而說，雖是通則，然應該說的，都說對了。

沈德潛撰淸詩別裁集採李嘯村底憶秦淮，其前聯云：『楊柳晚風深巷酒，桃花春水隔簾人，』而隨園則舉嘯村郤人寫眞詩底『有影正嫌無處匿，不才尙覺此身多，』說是嘯村最佳之詩，如沈歸愚所取之句不過排湊好看的字面而已，最爲下乘，捨性靈而講風格的人往往捨彼而取此。（詩話卷十三。）沈所採的是描寫秦淮底酒色底繁華的寫景之句；袁所舉的是關於辭退寫眞的敷演人事之句。雖失了比較的根據，然看了袁底斥彼取此，此則可知對於婉言之巧是很心折的了。

在沈德潛底明詩別裁集裏有劉永錫底「行路難」一詩，僅是二句的詩，曰：『雪漫漫兮白日寒，天荆地棘行路難。』德潛評道：『只此數字，抵人千百。』隨園非之道：『先生之評「只此數字抵人千百」噫，異矣！上句直襲荆軻傳底唾餘，下句「行路難」三字卽是題目，永錫苦湊而得的，僅「天荆地棘」四字而已，雖三尺之童皆能爲之，而先生登諸上選，蒙實不解，願教之。』（袁枚再答沈大宗伯書附記。）沈意以爲字面雖基於古人，然作成以後的詩意，足以感人也就可以了。而袁意以爲這樣的單是古語底湊泊而已。問題不在用古語底可否而在於於所用的結果足以使人感動與否，袁元非了解這樣的詩句的人故單以字面底湊泊非之。本來縱今用古語能使我意寓於其中則不爲咎，這說可是袁底主旨。他底非難這詩在本詩裏是由於沒有什麽才智意匠之巧在內。訴其窮天局地無容身之所的哀情，不使弄什麼機智，袁實沒有領略這種天眞的詩的素質；其非難此詩可以知道他底「性情」非與誠實相伴也。但是他底怎樣地貴機智與意匠，據本詩底評語也明白了。

隨園併稱唐之李白及溫庭筠，在評為如『冰絲雪竹』的黃任（莘田）底詩裏，沈德潛採了他底西湖雜書中的兩首：

珍重遊人入畫圖　亭臺繡錯似茵鋪
宋家萬里中原土　換得錢塘十傾湖
珠襦玉匣出昭陵　杜宇斜陽不可聽
千樹桃花萬條柳　六橋無地種冬青

而隨園採了

畫羅紈扇總如雲　細草新泥簇蝶裙
孤憤何關兒女事　踏青爭上岳王墳

前二首一是慨南宋之偏安，一是歎忠臣之少，其言婉而隱。雖說是懷古詩底常套，然詩人忠厚之旨却寓於其中。隨園所採的是說妓女輩出去踏春，本不知宋忠臣岳飛底墓而茫然去遊的。寫實境結句頗可，但所謂『孤憤何關』不知是怎樣一回事。隨園蓋以此爲奇拔嶄新脫盡陳套罷。奇拔誠然，但性情怎樣呢？他所謂性情就是這樣的嗎？余常見他底關於性情的詩說詩例，其「性情」與普通所謂性情異，殆是近於以「妓女嫖客底性情」爲『性情』的了。

十二　隨園與格調派

隨園底攻擊格調派，僅空漠地言其不足取。其空漠之說單是止於說唱格調者底製作底摹擬或是笨拙。說『格調說無價值』不是站在格調說底根據地上去攻擊的，故對于格調派有聞犬之遠吠之感。對於製作的評論僅是對於前面所說的沈德潛爲具體的。且看作格調派底詩句非盡於前說的二例，二例也不是其有力的，不過是以此可以供給一點知道他底怎樣領會格調的淺薄的材料而已。

十三　隨園與漁洋，二家之詩選

對於王漁洋的已如前所說評論漁洋底能力，製作或有中肯緊的處所，余輩不少同感之言。然對於漁洋底特色長所所謂『神韻之說不足取，』若不侵入神韻說底根據地去攻擊則不足以證明性靈比神韻之說勝。但駁神韻說之言余輩末之見。對于製作亦只論含着神韻的佳作不聞辯明其不是佳作的。今余輩把耳所及的他與漁洋底詩論底接觸，就實例來考察一下罷。

漁洋在他底詩話裏說晚唐人底『布穀啼春雨，杏花紅半村』之句不如盛唐人底『與闌啼鳥緩（緩字王維本集作換）坐久落花多。』隨園引之說『余以爲眞是耳食之論，阮亭胸中先有晚盛之分，不知兩詩各有妙境，若以其渾成言之，轉覺晚唐爲勝。』（詩話卷七。）這裡所引的二聯一是純敍景之句，一是牟雜入事的寫景之句，以此比較漁洋眞是弄錯了。然勉强比較句品則以漁洋之說爲有理，與闌坐久的一聯有如所謂『心緒不寧花欲散』極得悠閒之致，是態度寬緩之句，杏花一聯造句雖佳，然如所謂「紅牛村」實是過於形容之句，此點雖是隨園底嗜好處，決不能說是以此爲尋常的意味的渾成。渾成實在與闌二句。盛晚作者底時代縱令顚倒，僅以此句而論不可不斷爲如是，對於此二聯底評論，隨園依然是有使才智意匠的傾向的。

隨園以爲七言絕句最適於表現性情，（卽他自己底所謂性情，）好在關於七絕王袁二家各有所選，因足以見其詩觀底相異，玆錄之於後。

漁洋嘗倣朱彝尊（竹垞）之例，選宋人七絕之佳者數十首，見於池北偶談，帶經堂詩話卷九引之，其中余翟認爲出色，相信與漁洋平生底詩趣相近的十數首特記於左。

春陰垂野草青青　時有幽花一樹明

晚泊孤舟古祠下　滿川風雨看潮生（蘇舜欽滄浪）

夜雨連明春水生　嬌雲濃暖弄微晴

簾虛日薄花竹靜　時有乳鳩相對鳴（蘇舜欽初晴遊滄浪亭）

黃葉西波水漫流　籧篨風急滯扁舟

夕陽暝色來千里　人語雞聲共一邱（寇國寶題閶門外小寺壁）

陌上花開蝴蝶飛　江山猶是昔人非

遺民幾度垂垂老　遊女長歌緩緩歸（蘇軾陌上花）

琵琶絃急滾梁州　羯鼓聲高舞臂鞲

破費八姨三百萬　大唐天下要纏頭（蘇軾讀開元天寶遺事）

烏塘渺渺綠平堤　堤上行人各有携

試問春風何處好　辛夷如雪柘岡西（王安石烏塘）

曾作金陵爛漫遊　北歸塵土變衣裳

芰荷聲裡孤舟雨　臥入江南第一州（張來懷金陵）

去年此日泊瓜洲　衰柳蕭蕭客繫舟

白髮天涯歎流落　今霄聽雨古宣州（張來雨中題壁）

皂莢村南三四里　春江不隔一程遙

雙堤鬬起如牛角　知是隋家萬里橋（晁補之揚州雜詠）

斷腸聲裡無形影　畫出無聲亦斷腸

想得陽關更西路　北風低草見牛羊（黃庭堅題陽關圖）

投荒萬死鬢毛斑　生入瞿唐灔澦間

未到江南先一笑　岳陽樓上對君山（黃庭堅雨中登岳陽樓望君山）

照江丹葉一林霜　折得黃花更斷腸

商略此時須痛飲　細腰宮畔過重陽（陸游重陽）
舟中一雨掃蒼蠅　半脫綸巾臥翠藤
殘夢未醒窗日晚　數聲柔櫓下巴陵（陸游小雨極涼舟中熟睡至夕）
夜暗歸雲繞柁牙　江涵暈影雁團沙
行人悵望蘇臺柳　曾與吳王掃落花（姜夔姑蘇懷古）

隨園亦倣漁洋選宋人絕句數十首，今就其中錄漁洋必不選出的五六首於次。（見詩話卷十一。）

昨日廚中乏短供　嬌兒啼哭飯籮空
阿娘搖手向兒道　爺有新詩上相公」
金針刺破南窗紙　偷引寒梅一陣香
螻蟻也知春富貴　倒拖花片上宮牆」
屬付花香莫過牆　隔牆人正繡鴛鴦

聞香定要停針線　繡不成雙不寄將」

春風永巷閉娉婷　長使青樓誤得名

不惜捲簾通一顧　怕君著眼未分明」

霧裡江山看不眞　只憑鷄犬認前村

渡船滿板霜如雪　印我青鞋第一痕」

日團新碾淪花甆　飲罷呼兒課楚詞

風定小軒無落葉　青蟲相對吐秋絲」

看此兩例，漁洋所採的，就第一首說雖然並非無可議的，然概可說是閒遠清淡，風神婉約有宋詩底佳境。漁洋是說過『耳食紛紛說開寶，幾人眼見宋元詩，』的話而不全廢宋元的，其絕句誠不愧於前記諸詩。余輩就神韻而說有數種條件覺得在此詩裏也含得有。反之，隨園所採的怎樣呢？昨日是貧婦因夫以新詩上於宰相向飢兒說其擢用的希望的。厲付是以花香擬人，恐繡婦停針而屬其勿飄過牆的。春風是寫靑樓倡婦欲得遊客底一顧而自捲簾以自露的（原作別有寓意）這元是描寫人事，世情，而題目是隨園所好的，咋日一詩雖不是性靈派，也採入了，其他二首寫法巧妙之處正是隨園所愛好的處所。金針，霧裡，月團三首可說都是寫景的。金針說以針刺破牕紙以引梅香，是蠛蠓倒拖花片，是很纖巧的，無忌憚地說實在』纖巧而俗』，詩人不廢纖巧，但纖巧要保持品格，杜甫底『圓荷浮小葉，細麥落輕花。』『細雨魚兒出，微風燕子斜。』『芹泥隨燕嘴，蘂粉上蜂鬚』皆是纖巧而不俗的。漁洋說『人跡板橋霜』之句近於俗諦，霧裡底『印我靑鞋第一痕』比人跡之句還要俗，其句品殆與俳句底『犬之足跡是梅花』相伯仲，而隨園却以之爲淸新。月團實有村學究氣象，以調子而說這詩轉結二句未必不佳，然全篇底氣味終不免俚野，而隨園却以之爲足以發揮性靈之作。就這寫景的三詩所感境遇取諸卑近，着想頗近野人而所貴的實在曲說機巧這一點。較之漁洋所選之詩夐然不同。

十四　附格調派底詩例

余嚮論格調派略其詩例，今揭其七絕若干首以供參考的資料。相信這不但使格調派底作風顯著，即其他二派底作風也因此明白了。豫持黨同伐異之見的常揭其對敵的詩派底惡詩陷於詩弊的以爲攻擊之資，竊以爲不可。今舉格調派之例，故專採其擅長的佳作。

壇官乘笏候金鐘　月出西南照雪峯
不向蓬萊看五色　那知天子是眞龍（李夢陽正德元年郊祀歌）

千官北首望龍旂　萬國車馬集鳳闈
八駿穆王秋色遠　幾時親擁白狼歸（同人聖節聞駕出塞）

白登山寒低朔雲　野馬黃羊各一羣
冒頓曾圍漢天子　胡兒惟說李將軍（同人雲中曲）

天設居庸百二關
祁連更隔萬重山
不知誰放呼延入
昨日楊河大戰還（同人塞上）

中山孺子倚新妝
鄭女燕姬獨擅場
齊唱憲王春樂府
金梁橋外月如霜（同人汴中元夕）

黃鶴樓前日欲低
漢陽城樹亂烏啼
孤舟夜泊東游客
恨殺長江不向西（同人夏口夜泊別友人）

雙井山邊送客時
滿林風雪倍相思
西行萬里遙回首
大華終南落日遲（何景明別相餞諸友）

華岳雲臺萬里情
高秋落日眺秦城
黃河一線通滄海
身在仙人掌上行（同人送韓汝慶還關中）

廣陵秩色雨中開
繫馬青楓江上臺
落日千帆低不度
驚濤一片雪山來（李攀龍送子相歸廣陵）

錦帆南入楚雲重　江上遙看衡嶽峯
落日蒼茫秋不斷　青天七十二芙蓉（同人送劉戶部督餉湖廣）
河水悠悠雁影長　長容回首淚成行
可憐三十年前客　明日扁舟是故鄉（同人寄送方山人歸歙州）
白羽如霜出塞寒　胡烽不斷接長安
城頭一片西山月　多少征人馬上看（同人塞上曲送元美）
天山雪後北風寒　抱得琵琶馬上彈
曲罷不知青海月　徘徊猶作漢宮看（同人和聶儀部明妃曲）
蹋臂歸來六博場　城中白羽募征羌
相逢試解吳鉤看　已是金河萬里霜（王世貞從軍行）
點點蓮花漏未央　乍寒如水透羅裳
誰憐金井梧桐露　一夜鴛鴦瓦上霜（同人西宮怨）

窄衫盤鳳稱身裁　玉靶彫弓月樣開
紅粉別依回鶻隊　君王新自虎城來（同人正德宮詞）
旌旗春偃白龍堆　敎客休停鸚鵡杯
歌舞未殘飛騎出　日中生縛左賢來（同人飲歐陽鎭湖即事有贈）

李夢陽所作也有可比雄麗沈勁的唐人底作品的。即與高華淒婉的李白，王昌齡，高適，岑參爲伍也不爲愧。絕句在夢陽的諸體中稍遜色的猶且如此。何景明底雙井，華岳二首用意高深，托興婉微，得王龍標，李供奉底佳境；李攀龍諸作有高朗華秀的，有幽婉淒麗的，用工雖不同其得格調則一。王世貞旌旗春偃無論何人也知道其爲格調的。蹋臂，點點，窄衫三首風調絕佳，雖李王所嫌的錢謙益亦皆採之。以摹擬，膚廓，粗豪等一掃李何李王以去的人不知看了這些詩又怎樣？

據王袁二家之例與余所舉的例，多數之士必承認那格調派底概長於雄渾高華，神韻派底愛間遠清淡，性靈派底尙機巧輕妙的傾向了。

十六　隨園底作詩

余今不是評論作詩的人。故雖避詩例底引用，然爲便於證明其詩說，不能不稍稍說及。於隨園亦然。隨園詠落花之句云：『春在東風原是夢，生非薄命不爲花。』詠春柳云：『驟開青眼如相識，拋得黃金便少年。』又云：『綠影自遮南北渡，春痕分護短長橋。』詠雪云：『方圓不定原無我，去住何心只問雲。』詠錢云：『解用何嘗非俊物，不談未必定清流。』詠杖云：『年來孤往常無路，海內相扶尙有君。』春興云：『愁踐落花時讓路，愛生春水獨憑欄。』鬚邊云：『會須自愛生前酒，難信人傳死後詩。』哭聽娘云：『羹是手調才有味，話無心曲不同商。』是皆筆舌相用，才氣橫溢的作品。可以說是帶有清風的淺淡溫潤的作品如：

「漢水澹含三楚白，君山分作幾船青。」

「海色夜涼雙雁語，江心人靜一燈來。」

「山館夜涼分聽雨，水窓花落共傷春。」

「兩度秋光來白下，一生風味愛南朝。」

僅以名詞配合起來，還有優婉的如：——

「楊花風定春堤雪，水面燈涼日暮雲。」

「四面雲山新水謝，六朝歌管舊春愁。」

「白下孤雲芳草渡，龍門高波夕陽天。」

以及——

水邊花淡春將暮，　山裏梁空燕獨歸。」

蕭寺鶯聲何處聽，　棲霞山色為誰蒼。」

等都可以說是得中晚唐底妙境的。

他以不修操行，坐於淫蕩被罪，其向先輩辨白斷念女色男色的詩云：『卓氏酒壚三月斷，鄂君翠被十年違。』事雖褻而辭却雅。但如說老益漁色的當然道：『若道風情老無分，夕陽不合照桃花。』這不但立意可議即措詞亦陷於牽強。但他自己却反很得意地載在詩話裏面。洪亮吉說：隨園之詩如通天神狐，醉則露尾。我賴襄以他比「黠妓」。黠妓與神狐以貴智巧之點與愛妖冶柔媚之黠相合未必是酷評。

隨園馬鬼詩云：

莫唱當年長恨歌　人間亦自有銀河

石壕村裏夫妻別　淚比長生殿上多。

杜甫有石壕吏之作，敘天寶之亂，石壕村一老婦代為吏所迫的老夫去從軍的。前詩是說民間老夫妻底淚比長生殿上玄宗貴妃底離別之淚還要多，此詩不發於情卻是關議論的，毫無動人的誠意。杜牧底『東風不與周郎便，銅雀春深鎖二喬。』這種很有趣味之言然猶有以其偏於議論去攻擊的，何況上面所舉的隨園底詩。喜歡此詩的人必是好講理愛議論的人，非風人之所取也。隨園亦甚好用擬人法，在中國詩裏擬人法是屢屢被用的，然其用法甚困難。其善的得其自然能助感興，其不善的就更加流於不自然有時且有流於滑稽或俚野的了。宋人最好用此法，故宋詩最野俚。隨園之句如『山上春雲如我懶，日高猶宿翠微巔』和『明月有情還約我，夜來相見杏花梢。』東坡底『嶺上晴雲披絮帽』『東風知我欲山行』鮮不流於滑稽的。但如東坡底『平淮忽失天遠近，青山久與船低昂，』如此則自然順理了。隨園雖因追隨宋詩用擬人法，然不見特別可推獎的。就是稍可也不過是隨園借古人底論法以嘗其糟粕的。

要之，隨園底長所是在前所說的筆舌兩用才氣橫溢之處，其淺淡溫潤之處亦佳。至於他底愛妖冶柔媚有時不厭浮薄鄙褻，在詩中使用議論與弄滑稽野俚的擬人法等却非可取的處所。

十七　對於性靈說的臆解

讀了關於性靈的隨園之說並其所推奬的詩例，見其做爲斯說底特色的大略如左。

曰：

貴清新，避陳腐。

清新是比較的底話，當六朝時代雕繢滿眼之際，北周底庾信起了一種新鮮的詩風，後人稱庾信底詩爲清新，畢竟是對於舊時底陳腐之辭。隨園底清新，最是對於李王底格調派，其所言的一切都不說，故李王等唱漢魏盛唐，他卽取中晚宋元以對抗之。漁洋底神韻雖亦取境於中晚唐宋元，然與隨園所取有性質上的差別，如「淸」字在漁洋做爲頗嚴重的意義，在隨園寧是以「淸新」與熱看做一義沒有多大分別的。隨園所取的詩境，努力收拾格調派與神韻派所棄的方面。故他雖自以爲淸新，然對於中晚宋元的某種詩境並不以爲是全沒有摹擬與陳腐。然而要不陳腐纔値得激賞。

曰：

貴輕妙嫌莊重。

格調派貴莊重，性靈派以莊重看作素樸而無機巧的，故不喜好彼。

曰：

貴機巧，不愛典雅。

所謂機巧就是妙於運用機智的意思。貴發露才智臨機應變。輕妙是從機巧生的，典雅與輕妙相反，故與機巧是不兩立的。但其實典雅存在於大的機巧底處所的也有。

曰：貴意匠，貴發揮自己。一切貴考出新花樣，最忌模做他人。

曰：詩境取之於卑近眼前。格調神韻二派，有時趨於高遠。

曰：以自然風景比較寧貴詠人事。尤其尊貴的從多數人底日常經驗中所發現的共同法則，應該說的都說得對。

曰：以風景比較寧貴詠人情。看了『寫景易，言情難』之語可見其重情了。（詩人對於情與景不應說孰難孰易，以寫景爲易的是不足以知道寫景的苦心的。）

曰：

在人情之中愛好所謂『時髦劇，』其甚的至本能主義止，並不厭浮薄鄙褻。反而以之爲發揮性靈。『淸麗』，『芬芳悱惻』等廣泛的性情雖然也說，但主要的是就情底這一部分說的。就是同樣所謂情，然所重的究竟不同，格調派貴誠實，神韻派是貴興趣的。

曰：

以形式比較寧說貴內容。

據『以意爲主以辭彩爲奴』之語很明白。

曰：

有時背戾道德。

與道德的關係看來，格調派不是以道德爲理而是貴發乎情的。神韻派與道德立於沒交涉的地位。性靈派是違背道德是敢在文字上恣遑遊戲的。曰：

虛字的。

從文字底使用上看來，倘若說格調派是實字的，則神韻派可說是疊字的，而性靈派可說是以虛字底斡旋爲得意的。因爲虛字底斡旋最便於賣弄其才鋒。（虛字斡旋得宜則爲流暢，如失其宜則音調上不免流爲靡弱了。）

以上諸項雖意思有重複的，然性靈派底主旨大抵盡於此了。性靈派所貴的一言以蔽之曰才。

余茲向這專任才的詩派而貢其一言。說：

『任才的詩，是給與讀者以反省的餘地的。給與以反省的餘地的則同時也給與以批評的餘地。一面讀，一面批評。故只是玩弄的不能使人感動。』

第六章　結論

在上面的五章，余先說格調，神韻，性靈底用語底意義及三說底大要。次說三說發生以前的詩說底梗概，更順次分別叙述三說是怎樣的東西。各說之中神韻性靈二者雖有其主唱者，但格調說是相隔一個時期而成於數人之間的。有主唱者的其說底主旨雖較易知，其沒有主唱者則難於明知。就是其易知者如神韻說，說者之意也甚茫漠苦於捕捉。於是余大體就各說據其說者之言與所舉的詩例以叙述其主旨，但叙述不能純粹止於叙述，於其中並多雜以臆說。更於含有臆斷的叙述之外到處附加議論。故通覽以前各章余底結論略已寓於其中了。茲於此更述三說的鄙見以作結論。

蓋三說各有長短得失，先就格調說看，在內面是以正意誠實爲主，在外面是主張不失其體格而整頓其音調的，以詩而論可說是至當之見。又主張發揮其力也是特色。神韻說以如吾人底與趣一樣的稍狹小的範圍作根據，尤其是與畫趣一致是很可喜的。在詩境裏公然標出這樣的獨立的領域是斯說顯著的特點。至於性靈說本吾人之才智，離一切的束縛，以趨於淸新輕妙。這是非常地大胆地有活氣之說。單抽象的地聽到斯說不見特別可非難。然應如何纔淸新輕妙呢？這事實問題遂有解决了。雖然大體三說都各有其長所，其說就値得傾聽，决不可舉一而廢其餘。

然三說元有弊病處所。其說之始立宛如宗敎上的門派，雖各有其相當的道理，然及其實際行起來却常暴露意外之短失。格調說從主誠實，嚴格說起來是拘泥於道德之說，或單執着過去的某時代的詩格，毫不能運用自己底性情的。從鑿齊音調說來是亦不能解其眞意，徒以一種怒號跳梁的聲調表現於其間的。前面說過，余嘗以爲詩在內面的是詩意而在外面的是音調爲狹義的詩格。其中音調是很緊要的部分。但是成爲詩底音調的甚覺難解，或者可說明幾分，然結局不可不待各人底自得。在音樂裏所謂音調，其音波底長短，震動底强弱等是明白地可以計算。這因爲其性質是客觀的。詩篇底音調也許可以測定，但事實上不能如音樂一樣的測定。這因爲詩篇底音調是歸於主觀的判斷的緣故。爲什麼，因爲詩篇底音調不單是物理的字音底連結，而其所連結的字音是伴着一種意義，其意義觸着吾人底情底琴線然後發爲音調的。在物理的雖是同性質的音調，然因其所含的意義怎樣而吾人聞之所發生的感想是不同的。有這樣的事實，故詩篇底音調微妙而且貴重。否則設某種器械的樂譜遵守之，以排列文字即可得所期待的音調的詩篇。中國底『塡詞』(詞，詩餘)即是以其文字底一字爲一義，利用單音遵守一定的樂譜以塡文字的。這是一定的調體應伴以一定的音調的。然實際也因其文字底意義如何而聽時底感想甲乙底場合決不一樣的。況在詩篇，怎能一樣呢？作者因其感情底衰與起滅而驅使文字的時候有時如鐵騎底馳突，有時如鶯語底睍睆，且有時如江上數峯留靑，烟波無際，動靜開闔呈無窮的變化，故詩篇音調底意義是相待而生的。奉格調說者少知整齊音調而多取怒號，偶有稍知整齊之者也不解宜與其詩意相待。所以這說竊其皮相易而捉其眞相難。至於應如何而得詩意，則關係於作者底人格。作者底腦裏須貯藏以多數的靈魂。欲寫忠臣孝子則應具有忠臣孝子之魂。欲描才子佳人則應具有才子佳人之魂。欲寫草木鳥獸山河日月，則應化爲草木鳥獸山河日月。所謂『天工，人其代之。』中國名優馬繼美年九十而扮小旦，則綽約如十五六的處子。他只是能爲處子，而大作者則不止於爲一處子而已。而至要的則是誠實。不誠實則是虛僞。欲使人泣則先必自泣，誠實地自己泣了，出話雖拙人亦應感泣的。可敬重的詩人古來加以『詞人』底名而被輕視的是爲什麽呢？其作品不從誠實而發的卽不能使人感動。這樣是違背了格調說所說的詩意的了。

神韻說與格調說是不相侵的。廣泛地說來可說是格調說之中保持着某種的詩意與詩格的。說甚高妙，不但無可非難之理且是很可敬服的。然應用斯說而有利的是在近體短篇的詩，而不在古體長篇之詩。要之可存作詩中的一格。論到這點，袁隨園所說實獲我意。隨園說：『嚴滄浪借禪喻詩，所謂「羚羊挂角，香象渡河，有神韻可味，無迹象可尋，」此說甚是，然不過詩中一格耳。阮亭奉爲至論，馮鈍吟笑爲謬談，皆非知詩者，詩不必首首如是，亦不可不知此種境界；如作近體短章，不是半吞半吐，超超玄著，斷不能得絃外之音，甘餘之味。滄滄之言如何可詆。若作七言長篇，五言百韻，卽以禪喻，自當天魔獻舞，花雨彌空，雖造百萬四千寶塔不爲多也。又何能一羊一象，顯渡河掛角之小神通哉。總在相題行事，能放能收，方稱作手。』（隨園詩話卷八。）隨園此言甚是公平。神韻之說卽是宜用這說的場合而存在的。要是無論怎樣的場合都用斯，則顯著地生出不便利來。這非神韻說本身之弊病却是奉之者在實際上所表現的底弊病。這說底開宗如王阮亭其人近體短篇雖出色，然其古體長篇可觀的猶少，不知是怎樣一回事！蓋平日潛心於神韻說的習慣不能一朝脫盡，故在長篇遂以無氣力而產出章法不完全的作品來。在詩篇裏過於銳氣勃發的往往有壯士舞劍亂跳之狀，宋明人所作有時近於此。反之常以平靜淡白爲旨的，往往誤經日數卽成爲荷蘭水一樣的稀薄無味了。淸朝人所作有時近於此。這都是神韻說底誤用與中毒的。雖非其說底本身之弊病，實應非常謹慎以從事的。

性靈說貴機智意匠，排斥陳腐，脫盡形式等並皆可以。然實際上觀其作品不能不疑爲是立說者本人作爲對抗時弊的策略而爲是說的。卽採擇了格調派所不言的，神韻派所不取的有自求拾其餘的形迹。這樣雖排斥陳腐，脫離形式，然唯其是對於格調神韻底一說，看爲淸新或自由亦自陷於一種的擬古，一種的形式裏面了。故余一般地說來這說雖有價値，然對於事實亦大感着不滿足。更誤而嫌棄其爲道德之奴隸之餘趨於他種極端，對於道德取了叛逆者底態度，這也是自由底亂用。偏重才智底結果，不與誠實相伴是此派底痛弊。

總之，格調說是意力的，熱情的，而以不失誠實爲主，神韻是情的而以其平靜談白爲主，性靈說是智的而以淸新機巧爲主。一主體格，一主興趣，一主意匠。一是實字的，一是疊字的，一是虛字的。那雄渾，高華，悲壯，瀏亮，等形容詞可以之冠於神韻派的詩，輕妙機活等可附在性靈派的詩上。易陷於形式，易流於靡弱，易傾於浮薄，是三者各有的弊病。

三說雖是就詩發生的，但就他事想來也有相似的。就人物而想像如周公孔子可說是格調的人物，如王羲之可說是神韻的人物，如東方朔可說是性靈的人物。又把來就繪畫來想像則雪舟，周文等底山水樓閣固在神韻寧可說是格調的，倪雲林董玄宰底山水雖在格調寧可說是神韻的。而浮世繪一派即有性靈的底感想。更以之就書，雕刻，音樂等想像起來各可發現多少相似的比類。

詩說余信格調說最是概括的。神韻，性靈不過捉住某一部分的特異點而標出的。至其詩趣到着的高低之度，則依然不可不把格調神韻二派延之上座。

正誤表

頁	行	刊誤	改正
一〇	七	孔子其是	孔子是
一六	九	唐人	徵唐人
二七	八	近體一般成律	近體一般。成律
三二	十	嘗詩	嘗舉詩
一三〇	七	文生於今	文王生於今

敬啟

『民國專題史』叢書，乃民國時期出版的著名學者、專家在某一專題領域的學術成果。所收圖書絶大部分著作權已進入公有領域，但仍有極少圖書著作權還在保護期内，需按相關要求支付著作權人或繼承人報酬。因未能全部聯系到相關著作權人，請見到此説明者及時與河南人民出版社聯系。

聯系人　楊光
聯系電話　0371-65788063